D0171779

ATÓ CON CINTAS

SUS DESNUDOS HUESOS

hiram sánchez martínez

EDICIONES HACHE SILENTE

Edición conjunta de:

 Ediciones Hache Silente
es un sello editorial del autor

hiramalbertosanchez@gmail.com

 Casa Yaucana: Taller de Investigación y
Desarrollo Cultural, Inc.
HC 2 Box 322
Yauco PR 00698-9641

taindec@yahoo.com

© 2021 Hiram Sánchez Martínez

Alberto Medina Carrero, editor

Diagramación versiones impresa y digital:
Jean Victoriá O. / jean.victoria2@gmail.com

Ilustración y diseño de cubierta:
Ingrid Sánchez / ingrid.rebeca@gmail.com

Imágenes de cubierta frontal (carátula):
© Knape / istockphoto.com (imagen de flores)
© Sascha Wenninger / Flickr.com (imagen de cintas,
    modificada) Título: «Ephimeral Red Ribbon».

ISBN: 978-1-7360963-0-7

Se prohíbe la reproducción total o parcial de esta obra, sea
cual fuere el medio, sin el consentimiento escrito del autor.

A quienes les gusta la canción «Boda negra»

A la memoria de don Ricardo Padovani

Índice

ATÓ CON CINTAS

SUS DESNUDOS HUESOS

Aquí en el pueblo pasó algo parecido

LA PRIMERA VEZ QUE ESCUCHÓ LA CANCIÓN fue de adolescente, el domingo siguiente al de la reparación de la Wurtlitzer del cafetín de la esquina, muy cerca de su casa. Fue un domingo de esos que parecen iguales que los demás, los de tardes desabridas e incoloras, en que su padre aprovechaba para jugar dómino con los amigos de aquel barrio afligido, mientras las mujeres rumiaban la soledad a la que estaban destinadas en el paisaje usual del abandono. Sus hermanos y él, sin ninguna otra cosa más intrépida que hacer, correteaban con sus primos por los alrededores, sin poder escapar de las melodías punzantes hasta el delirio que, vellón tras vellón, los hombres de trago en mano y maledicencia en boca seleccionaban de un repertorio de traiciones, despechos y amores imposibles.

Más o menos para esa época, los hombres comprendieron la importancia de aquel gramófono viejo que arrullaba viejos pesares. Primero, para el desconcierto de quien depositaba los vellones en la máquina, la Wurtlitzer comenzó a rayar los discos, haciendo que voz y melodía entraran en un alocado ritmo troceado, que solo servía para alterar los nervios de quienes escuchaban por obligación aquellos saltos e incoherencias. Al principio, con darle un golpe delicado con la palma de la mano en uno de los costados bastaba para que el intérprete y el acompañamiento se recompusieran, pero luego ya eso no fue suficiente. Entonces, Perpetuo, cansado de escuchar los golpes que cada día subían de intensidad y frecuencia, optó por desenchufar la máquina y colocar un cartelito sobre el cristal, en el que se leía: «Fuera de serbisio».

El hecho de que el barrio perdiera la animación de los domingos no fue tomado a la ligera. Cuando la semana próxima los parroquianos se encontraron nuevamente con el cartelito y un silencio de vellonera que sumieron el cafetín en mutismo de soledad, increparon a Perpetuo por lo que decían que era una falta de consideración a los clientes. Perpetuo les dijo la verdad: el técnico que la hubiera reparado pidió mucho dinero y las cosas no estaban como para hacer una inversión en algo que, según les explicó, no le proporcionaba ganancia alguna. En cambio, les propuso traer el radio de tubos que tenía en la casa, el mismo al que su mujer se aferraba en la semana para escuchar las radionovelas que se transmitían mientras ella cocinaba. Ellos, sin embargo, no estaban en disposición de aceptar una jugada de dómino más sin la presencia de Daniel Santos, Felipe Rodríguez, Los Condes o Los Panchos como telón de fondo. Sin la magia de la amplificación de sus voces que llenaran el espacio, lo que el radio emitía no podría considerarse jamás música. No transarían.

Tras varios domingos de desolación, a su padre se le ocurrió la idea. Enterado de lo que valdría recomponer la Wurtlitzer, le propuso a Perpetuo que hicieran entre todos un serrucho para repararla. A cambio, Perpetuo se comprometería a poner la vellonera directa por seis meses. Ese era el cálculo de lo que ellos gastarían por escuchar su música, hasta parear el costo de la reparación. Perpetuo no estuvo muy seguro de si era un buen negocio para él, pero lo cierto era que, si ellos decidían mover su peña al negocio del billar que había tres calles más arriba, entonces sí que su situación se tornaría precaria.

La reparación de la vellonera incluyó un repertorio nuevo. Fue en este que llegó al barrio la canción. Esa misma noche, antes de irse a la cama, le preguntó a su padre por el bolero que atrajo su atención mientras jugaba en la calle, una canción que narraba una historia necrofílica con la estructura usual de los relatos de ficción de desarrollo, clímax y desenlace.

—Bueno, hijo, yo no sé si eso pasó de verdad, así, como dice la canción. Aquí en el pueblo pasó algo parecido hace muchos años, que recuerdo haber oído cuando yo mismo era niño. Pero ve y acuéstate, que estas no son horas para hablar de huesos atados con cintas, ni de calaveras coronadas de flores. Ya otro día hablaremos de eso.

La realidad es que no volvieron a hablar de eso. Pasarían muchos años, hasta que ya, sin ser tan adolescente, daba inicio a sus estudios universitarios. Acostumbrado a oír las estrofas funerarias del trío Los

Condes, comenzó a discurrir de dónde habría salido ese relato tan macabro. Fue entonces que se le ocurrió preguntarle nuevamente a su padre por la historia paralela del pueblo. Sin embargo, había dejado pasar demasiado tiempo; tanto, que su padre, que lo había engendrado casi en su ancianidad, había sufrido un infarto cerebral, tenía inerte la mitad del cuerpo y apenas hablaba. Sobrevivía tendido en su cama olorosa a alcanfor y otros ungüentos. Cuando finalmente le habló del asunto, ya no tenía sentido preguntarle. Por eso el viejo se le quedó mirando largo rato, con un brillo ausente en los ojos, sin pestañear, un hilo fino de baba cayendo de la comisura de sus labios entreabiertos, y una expresión que nunca pudo descifrar. Después, cerró los ojos y siguió durmiendo.

Recurrió, entonces, a su madre, aunque tuvo que dorarle un poco la píldora. Ella le respondió que jamás había oído hablar de semejante historia. Se la tarareó... y nada. De Los Condes ella solo recordaba su canción favorita, *Querube*, que su marido le cantaba en la ducha cuando se bañaban juntos, y *El último escalón*, por la cantidad de veces que la había oído por la radio. Así que puso en duda lo de su padre (que «en el pueblo pasó algo parecido hace muchos años»). Pensó que si su madre no lo recordaba era porque no había sucedido.

Sin embargo, no contaba con que, en asuntos de la calle —amores platónicos, queridatos furtivos y traiciones—, ella no era experta. Su vida había transcurrido la mayor parte del tiempo ante la estufa, las ollas y los calderos tiznados, y la pileta de lavar los pañales percudidos de sus hermanos más pequeños. Fue cuando se le ocurrió ir donde Mayito el Sepulturero, el enterrador del viejo cementerio municipal, a quien medio mundo conocía, y también él, aunque fuera de vista por las veces que había asistido a entierros en ese lugar.

Mayito se lo contó renuentemente porque eso de que un vivo se robe los huesos de la novia muerta para casarse con «ella» es cosa de dementes. Quienes lo conocieron —al que *«se acostó junto a "ella" enamorado»*—, con todo y lo descabellada que pudiera parecer la historia, se la contaron a otros, y estos a otros. A Mayito el Sepulturero, por ejemplo, la historia se la contó su padre Simón, de quien heredó ese oficio de desolvidar a los que del polvo vinieron y al polvo irían a parar. Su padre no le dijo nombres, solo personajes. ¿Leyenda? No que él supiera, porque su padre era incrédulo, pero no farsante. Al menos así le respondió cuando puso en duda la veracidad de la historia.

—Creo que era colso, como toa su familia, es lo que recueldo que me contó el viejo —le dijo, aludiendo al sujeto legendario *«que para siempre se quedó dormido»*. Mayito el Sepulturero se refería a un dato que no hacía más verídica su historia porque ese litoral había sido poblado por una oleada migratoria de corsos en el siglo diecinueve que se instaló en la costa sur y oeste, y en la zona montañosa, a sembrar café o dedicarse a la venta de mercería. Medio pueblo tenía esos apellidos raros que casi siempre terminan en i.

Aunque hubo una inmigración importante después de la Cédula de Gracias de 1815 concedida por el rey de España, él sabía que los primeros corsos aventureros habían llegado mucho antes. Aquellos corsos habían venido después de que Génova cediera la isla mediterránea a Francia. Habían sufrido en carne propia la derrota de Pasquale Paoli en Pontenuovo y la anexión forzosa que declaró después la Asamblea Nacional tras decapitar a María Antonieta. Fueron los que ya no soportaron que Napoleón, nacido en Ajaccio, dejara de apellidarse Buonaparte y quisiera ser francés. Entonces, se inició el lento embarcarse en una ruta rápidamente transitada hasta el desconcierto por muchos europeos y algunos aprendices de piratas y corsarios. Dejaban una isla mediterránea anexada por las armas al imperio francés, para llegar a una isla caribeña, arrebatada a los taínos y encadenada por el hierro de las guarniciones al imperio español. Buscaban liberarse de una represión despiadada, la del aire denso que deja el aliento de los que imponían a espada y mosquete su creída superioridad.

Eso de que fuera corso el «*amante a quien por suerte impía su dulce bien le arrebató la parca*», sería corroborado después por el padre Cirilo van Meer, un corcovado cura dominico holandés que residía en el hogar que administraba la Compañía de las Hijas de la Caridad de San Vicente de Paúl, que ellas mismas habitaban como si fuera un convento. De él supo por casualidad. Su abuelo, quien no dejaba de ir los domingos a misa y pertenecía a la Sociedad del Santo Nombre, se lamentaba un día de la situación de los sacerdotes holandeses y españoles en Puerto Rico porque dejaban los mejores años de su vida en esta isla remota en el Caribe para luego, en el ocaso de la existencia, pasar al olvido y abandono de los feligreses. Y ponía de ejemplo precisamente al padre Cirilo, quien llegó de menos de treinta años al pueblo y ahora, en su ancianidad, nadie lo visitaba, excepto él. Menos mal que las Hijas de la Caridad lo acogieron cuando era evidente que ya no tendría quien lo recibiera de vuelta, viejo y enfermo, en su patria holandesa. Fue luego de escuchar a su abuelo que se planteó que, si Mayito el Sepulturero tenía razón acerca de su relato, el padre Cirilo podría tener noticias del extraño corso legendario.

ABORDÓ UN CARRO PÚBLICO QUE lo dejó en la entrada del callejón por el que debió caminar un largo trecho demarcado por alambre de púas a cada lado. Era de tarde y el azote oblicuo del sol tropical sacaba lo mejor de las tonalidades ocres del paisaje árido de los alrededores. Caminaba tropezando a cada rato con las piedras sembradas en la superficie del camino. Sudaba copiosamente. En el firmamento, sin siquiera una nube que perturbara el azul intenso de esa hora, un grupo de auras tiñosas se entretenía en un vuelo suave y circular, sin agitar sus alas, buscando el pedazo de carroña que les hiciera el día. Al otro lado de las alambradas había grupos de cebúes y vacas escuálidas esparcidas sobre el terreno, tratando de extraer a mordiscos lo que quedaba de alimenticio en aquella yerba sin clorofila. Soportaban sobre sus lomos garzas que se posaban a esperar que los gusanos asomaran de debajo de los matojos que los bovinos arrancaban con sus belfos.

A mitad de camino pudo ver la estructura de dos pisos acuclillada en la cresta de una colina, como si estuviera a punto de alzar el vuelo. Caminó dando traspiés y resbalones otro trecho del callejón, antes de tener que repechar el tramo final hasta el asilo. Cuando llegó, jadeante, sudoroso y casi sin aire, agitó la cuerda atada al badajo de una pequeña campana instalada cerca de la puerta, e inmediatamente apareció una novicia joven para indagar el motivo de su visita. Era una muchacha blanca, en sus veinte, de ojos amarillosos y cara perfilada, con algunas pecas hermosamente situadas sobre sus pómulos y nariz, de labios carnosos de natural carmesí, y un semblante tan angelical que le devolvió el aire. Hubiera querido permanecer sosteniendo la mirada de aquel momento fugaz, pero tuvo que responder a su pregunta.

—Buenas tardes, señor. ¿En qué podemos servirle?

—Buenas tardes, sor. Vengo a ver al padre Cirilo. Me envía mi abuelo, don Valeriano. Aquí traigo una nota suya.

Hurgó en el bolsillo de su camisa y extrajo un pequeño sobre, ya húmedo por la sudoración de la caminata, dirigido a sor Esperanza, la superiora del lugar. La novicia lo miró brevemente y le indicó que esperara sentado en un pequeño banco de hierro forjado que había frente al portón que daba hacia el patio interior. Luego, desapareció cerrando el portón tras de sí. Se sentó como le dijo, pero no pudo hacer otra cosa que contemplar en su mente el rostro que acababa de ver y preguntarse cómo sería eso de enamorarse de una monja. Ese simple pensamiento lo asustó e hizo que se persignara apresuradamente por si acaso había cometido pecado.

En la pared de enfrente colgaba un retrato a colores de san Vicente de Paúl y, a su lado, otro de mayor tamaño del Sagrado Corazón de Jesús, idéntico al que su madre tenía en el comedor de la casa. Era un cuadro con el que había crecido y al que le tenía cierto repelillo porque los ojos de aquella imagen, aunque de mirar misericordioso, le seguían a cualquier punto desde el cual lo mirara, algo que le resultaba especialmente incómodo si venía de cometer algún pecadillo. Y, de nuevo, ahora estaba él allí sentado en un lugar del que no podría moverse, bajo el peso abrumador de la mirada de Aquel que vendría al final de los tiempos a juzgar a vivos y muertos, y que acababa de leerle el pensamiento perverso que había cruzado por su mente. Humilló la vista, arrepentido, y no la levantó hasta que escuchó el llamado que hizo una monja rechoncha de un hábito talar negro, salvo por la esclavina blanca, insensato para el trópico, de toca almidonada alada o *cornette*. Abrió el portón y la siguió.

Atravesaron el patio interior rumbo a la escalera del fondo que los conduciría al segundo piso, el de los balcones a la vuelta redonda de la casa que sobresalían como viseras. Vio a algunos residentes desparramados por el patio, que caminaban de un lado a otro como autómatas, y a algunas monjas con delantal sobre sus hábitos cargando una olla enorme hacia la puerta de la cocina que quedaba a la derecha. Frente a la puerta, unas mujeres laicas con redecillas desgajaban un racimo de plátanos que organizaban sobre una mesa. Le acechaba un olor a chuletas de cerdo fritas mientras atravesaba el patio interior y ascendía por la escalera hacia el segundo piso.

La monja regordeta le condujo a uno de los balcones. El padre Cirilo estaba sentado en el mismo balancín de caoba y pajilla en el que solía mecerse en las tardes hasta que los dardos dorados y anaranjados del atardecer le laceraban las pupilas. Ella lo anunció con una voz estruendosa que no correspondía con su tamaño. Era obvio que intentaba vencer la sordera del presbítero jubilado, mientras le daba unas palmaditas sobre el hombro para hacerle notar su presencia. Él volvió pesadamente su cabeza y, a un gesto de la monja, lo miró con una sonrisa cansada, pero llena de bondad. El balcón ofrecía una visión majestuosa de la llanura que reptaba hacia el Caribe, más allá de la hacienda Santa Rita, entre las brisas rebuscadas del verano húmedo y caluroso.

Él no se había hecho anunciar al padre Cirilo antes de ese día. No había ninguna razón por la cual el padre Cirilo debiera conocerlo. Sabía que su abuelo ni siquiera le había mencionado alguna vez su nombre.

—Tiene suerte —le había dicho la monja momentos antes, mientras ascendían por la escalera—. Hoy está bastante lúcido.

Había días, según ella, que el padre Cirilo caminaba de un extremo a otro del balcón, sin sentarse. Ese era el indicio de que había emigrado a otra dimensión del mundo, probablemente a la de su infancia, porque en esos momentos, a pesar de sus muchos años a cuestas, se movía con cierta agilidad, hablaba únicamente holandés y dispensaba una mirada brillosa. Claro, las Hijas de la Caridad no podían adivinar el contenido de sus divagaciones porque ninguna de ellas entendía holandés y no tenían forma de aprenderlo. Pero sea lo que fuese que dijera, ellas sabían lo mucho que él disfrutaba de esos episodios infantiles porque nunca cesaba de hablar y de reírse. En esos momentos de viaje al pasado, el padre Cirilo era un espíritu liberado de las amarras austeras de la vida ascética. Las monjas del hogar le daban cuerda con comentarios triviales a los que él respondía meramente con risotadas, pues era indudable que el viejo niño cura de la Orden de Predicadores no entendía ese idioma extraño con el que en esos momentos las Hijas de la Caridad le hablaban.

La misma novicia que lo atendió en el pórtico, y que había caminado detrás de ellos todo el trayecto, le acercó una silla plegadiza y la colocó frente a él. Aunque el anciano estaba sentado, se notaba que era un hombre alto y que el sol del trópico no había perturbado suficientemente la blancura de su tez. Ahora pudo apreciar mejor sus ojos melados, enmarcados por unos espejuelos de concha que descansaban firmemente sobre una nariz aguileña. Tenía una sonrisa gentil atravesada por una hilera de dientes torcidos amarilleados por la nicotina. Era el mismo color que el de las uñas de los dedos índice y del corazón de su mano derecha que en ese momento sostenían un Chesterfield encendido. Usaba un cuello romano de lino blanco en su camisa, y calzaba unas sandalias de trabillas sujetadas al talón. Era obvio que, bien fuera porque estaba jubilado de sus oficios ministeriales o bien porque lucraba los nuevos códigos de vestimenta aprobados por el recién finalizado Concilio Vaticano II, el padre Cirilo ya no usaba la sotana color marfil que por décadas vistieron los dominicos holandeses por las calles del pueblo y en la iglesia.

Se presentó como el nieto de don Valeriano —don Vale, le dijo— y, por el semblante que puso el viejo cura, debió tomar su presencia como una visita en cumplimiento de un mandamiento de la caridad fraterna. Al principio, solamente abordó temas superficiales, tomando en cuenta la diferencia de edades y de tiempos vividos, que debieron parecerle insustanciales sin que el sacerdote se lo demostrara. El sacerdote, por su parte, le relató la historia de su llegada a la isla, cuando era joven y apenas conocía el idioma español. Pero un largo rato después, cuando el visitante torció el rumbo hacia el tema que allí lo traía, el antiguo párroco pareció un poco sorprendido por la pregunta que le hizo.

—Sí —le contestó con la magia de sus neuronas reavivadas—, recuerdo haber hecho el responso de un hombre joven que apareció muerto en el cementerio entre un montón de huesos.

—¿Y dónde fue sepultado?

—Me imagino que allí mismo. Tuvo que haber sido en el mismo cementerio, en el sepulcro de la familia Padovani. Pero ha pasado mucho, mucho tiempo y no recuerdo los detalles.

Desdobló un papel ajado para tomar notas que traía en el bolsillo de la camisa, del mismo modo que el cura desdoblaba los recuerdos marchitos que llevaba guardados en una esquina olvidada de su memoria, y escribió, mientras silabeaba:

—Pa-do-va-ni.

Le llamó la atención el recuerdo de ese apellido que abría ahora la posibilidad de que se volviera tangible una idea que solo brotaba de los versos funestos de una canción de vellonera.

—Padovani, ¿está seguro?

—Seguro, que se diga seguro, pues no es posible. Necio sería yo si luego de tantos años tuviera la misma certeza que si se tratara de un evento ocurrido ayer. Digamos, hijo mío, que en mis presentes circunstancias la certeza es más bien una ilusión, ¿o no?

—O sea, que no está seguro. —Ahora se comportaba como un abogaducho cualquiera; pero el sacerdote ni se inmutó.

—Seguro no, pero convencido sí. El pariente del joven era un hombre más alto y viejo que yo, era un católico cumplidor y, en alguna ocasión en que conversé con él, salió a relucir el tema acerca del origen de su familia y me aclaró que, contrario a lo que yo suponía, esta no era italiana, sino corsa. Y la confusión estaba justificada, puesto que la isla había sido poblada tanto por inmigrantes corsos como algunos italianos. A veces solo era posible determinarlo preguntándole directamente al inmigrante o a sus descendientes.

Trató de obtener más detalles sobre la relación entre el muerto y este feligrés corso.

—Ese pariente pudo haber sido su padre o su hermano, pero lo cierto es que no lo recuerdo —respondió un poco tristón.

El padre Cirilo no le fue de más ayuda con la cuestión del nombre, pues, por más que frunció el ceño, y por un rato apretó los ojos para recordar, no pudo. Por el contrario, llegó al punto en que se incorporó de su mecedora, miró en lontananza y comenzó a caminar con cierta agilidad de un lado a otro del balcón, mientras se reía solo y balbuceaba frases ininteligibles:

—*Mei is voorbij, tulpen zijn uitgebloeid. Vader, moeder, mag ik naar de oude molen gaan?*

El pobre viejo estaba como ausente, pero más ausente se sentía su visitante. La novicia, que había permanecido alejada de ellos en una esquina del balcón, le hizo una seña y él tuvo que retirarse sin despedirse del anciano. Tuvo que conformarse, de momento, con su único recuerdo, el del muerto a quien él no recordaba haber conocido en vida, que una mañana apareció tieso y rodeado de huesos en el cementerio municipal y que, posiblemente, fue enterrado después en el sepulcro de los Padovani, si es que había uno.

UNA HORA DESPUÉS, AÚN PERMANECÍA a la orilla de la carretera en espera de un carro que lo devolviera al pueblo. Ni siquiera los carros públicos que hacían esa ruta diariamente asomaban por la curva. La realidad es que no tenía sentido que, tratándose de un día de semana, él hubiese dejado para tan tarde su visita al padre Cirilo. Tampoco tomó en cuenta la locuacidad del anciano holandés que alargó la conversación más allá de lo previsto, ni el riesgo que tal demora suponía. Como la penumbra del atardecer había comenzado a abalanzarse sobre su entorno, no le quedó más remedio que iniciar su regreso a pie. Por el camino, pasaron junto a él un par de vehículos, pero, pese a sus señas pidiéndoles pon, continuaron su marcha sin condolerse de su situación.

Iba cavilando con respecto a todo lo ocurrido esa tarde. Por cierto, no recordaba si al despedirse de la novicia de las pecas bonitas, le había dado las gracias. No era usual en él ser descortés, y menos con una monja, o aspirante a monja. Es que, de haberle dado las gracias, él recordaría su respuesta de cortesía y hasta su sonrisa. Pero no, no la había visto sonreír ni al llegar, ni al estar, ni al marcharse. Mientras más lo pensaba más se convencía de su falta de urbanidad. La próxima vez que volviera a visitar al padre Cirilo tendría que estar más atento a esos detalles. Pero ¿habría una próxima vez? Iba convencido de que las indagaciones que le restaban —apenas comenzaba a investigar— demostrarían la necesidad de regresar donde él a esclarecer datos o detalles. Sería cuestión de atinar sus momentos lúcidos. De todos modos, si no era como resultado de sus averiguaciones, sería para paliar de algún modo el infortunio del padre Cirilo, esa soledad que llevaba cosida a los lados de su alma y que su abuelo Valeriano trataba de aliviar los domingos en la tarde.

Mientras empujaba con su cuerpo la penumbra que le había salido al paso, se sintió dichoso de que aún quedara alguien vivo y con memoria suficiente para confirmar algún elemento de la extravagante historia. «Así que tenía que ser Padovani», pensó. Supuso, por la información rescatada del agostado pozo de los recuerdos del cura holandés, que alguna constancia debía haber en los libros de la iglesia. «La Iglesia todo lo escribe, todo lo archiva; es la memoria imborrable de la humanidad», se dijo, sin poder recordar a quién le había escuchado decir esa frase. Si hubo un responso, hubo una anotación, y si hubo una anotación, en algún lugar tenía que constar.

A hora y media de su caminata, la penumbra ya se había disuelto en la espesura de las sombras. Se acercaba a la barriada de los Perros y ahora le tenía sentido ese nombre. Y es que los ladridos a lo lejos se convertían de continuo en la amenaza de los perros acechantes que le salían al paso a lo largo de la carretera. Sin embargo, había logrado sortear sus amagos de ataque con solo mantener la mirada fija en el horizonte invisible de la noche. «Aunque olfateen tu miedo, si no los miras a los ojos, no te morderán», se decía cuando se arrimaban peligrosamente. «No deben notar tu temor». Eran frases de su padre, tácticas que este le había inculcado desde que descubrió que él, entonces muy pequeño, le tenía terror a los perros. Algunos de los satos que no estaban de acuerdo con esta psicología canina que predicaba su padre se aproximaban demasiado, pero al rato, aburridos de su aparente indiferencia, desistían de su importunidad y silenciaban su alboroto.

Después de cruzar la barriada de los Perros cayó en la cuenta de que lo único que lo separaba del pueblo era el viejo cementerio, cubierto ahora por una tiniebla cuajada sobre las tumbas. No era el más atractivo de los paisajes, especialmente porque la calle se presentaba desolada y una pelusa fina y menuda comenzaba a desprenderse de un cielo húmedo sin estrellas. No se veía ni un alma en la vía pública y, naturalmente, las almas de los habitantes del cementerio los habían abandonado para siempre o, como rezaba su madre, hasta «la resurrección de la carne». Había gente que le temía al cementerio y hasta evitaba transitar por esa calle, a pie o en carro, después de caer la noche; pero él no. Para él eran más peligrosos los perros que los muertos. La verja del camposanto —realmente un muro de mampostería ordinaria— corría infranqueable a lo largo de la acera, interrumpida tan solo por un portón de barrotes de hierro cerrado con una cadena con candado. Un farol eléctrico que facilitaba a los viandantes el tránsito por la calle permitía ver la hilera de las cruces más cercanas detrás del muro. «Entonces —se planteó— ¿cómo era posible que el que *todas las noches iba al cementerio a visitar la tumba de su hermosa* hubiera podido penetrar a este recinto como si fueran las doce del día?».

La curiosidad hizo que se detuviera frente al portón, al que se acercó para no tener que adivinar lo que pudiera verse al otro lado. Sujetó dos de las barras y dejó descansar su cabeza entre ellas. Cuando sintió el frío en las sienes, se imaginó la efigie clara de un hombre trastornado, caminando a tientas entre los sepulcros que apenas se discernían con la iluminación exigua del foco a sus espaldas. Lo imaginó alto, ligero de carnes, ojos hundidos y ojeras de muchas noches sin sueño, pero inmaculadamente vestido con traje blanco de hilo, leontina de oro y un sombrero prapá realmente innecesario para las noches. A través del tul transparente del verso siniestro que lo describía como *«un muerto escapado de la fosa»*, podía adivinar también su mirada perdida, su aspecto desolado y triste, y los estragos de la resignación marcados en su cuerpo. Lo que no podía entrever era su edad, algo que, a decir verdad, carecía de relevancia porque el gusanillo recalcitrante de la enajenación no conoce de cronología. «Más que solitario, debía sentirse abandonado por "ella"», se dijo, juzgando al espectro únicamente por su apariencia. Pero ¿sería posible perseverar en una promesa de amor tan descabellada como esa? Porque tuvo que haber existido una, quizá al estilo de *Nuestro juramento*, un «si yo muero primero es tu promesa» o «si tú mueres primero yo te prometo». ¿Y si, más que una promesa mutua, se trataba de un arrebato desesperado, una obcecación, una negación irracional del hecho de la muerte? Realmente, aquella historia de incógnitas insepultas le intrigaban del mismo modo que los misterios teológicos.

Se despegó de los barrotes y se alejó por la acera para entrar al pueblo. Entonces, advirtió que más adelante, a su izquierda, como a unos dos metros antes de terminarse el muro que corría a lo largo de la acera, había una hendidura en la mampostería por la que apenas cabía nadie. Fue cuando se le ocurrió la idea de acceder al interior del cementerio nada más que para experimentar, creía él, la misma sensación que el «*amante*» experimentaría al «*visitar la tumba de su hermosa*» a esas horas del día, o más bien, de la noche.

Con mucho esfuerzo logró franquear la entrada por el espacio angosto que dejaron los pedazos de piedra y argamasa que faltaban. Procuró caminar paralelamente al muro para aprovechar la iluminación mustia del foco de la calle. Pero, no bien había dado seis o siete pasos en esa dirección sintió que había tropezado con algo blando en el suelo, algo que casi lo hizo caer, a lo que le siguió un sonido estridente que le heló la sangre. Él no creía en los muertos, quiso decir, en que estos anden por ahí amedrentando a los vivos, apareciéndoseles a las personas para bien o para mal, y mucho menos a él que no tenía razón suficiente para creer que algún muerto —o muerta— quisiera «comunicarse» con él. Por otro lado, no era con un perro o un gato que había tropezado, pues no fue un aullido ni un maullido lo que escuchó después. Había sido un grito estentóreo de un ser humano vivo y con buenos pulmones. La escasa luz al otro lado del muro, donde se encontraba, no le permitió discernir de qué se trataba, y él no podía permanecer allí por más rato, porque lo que fuera se le había abrazado a una de las piernas como una enredadera y le impedía caminar.

Sacudió violentamente la extremidad para zafarla del agarre de aquella entidad desconocida tan sumergida en la oscuridad del cementerio, al mismo tiempo que daba un alarido como para insuflarle fortaleza a los músculos tensados de su cuerpo. No supo si fue por la violencia de la sacudida o la intimidación que pudo haber causado su grito, que se vio liberado de aquella trabazón, lo que aprovechó para deshacer lo andado y escapar a toda prisa por el mismo hueco abierto en el muro. Tan forzada fue su salida por la abertura estrecha, que dejó en el filo de una piedra el bolsillo de la camisa y un poco de piel del brazo izquierdo.

De vuelta a la acera, miró a todos lados para cerciorarse de que nadie lo veía, y echó a andar. Aunque la calle seguía desolada, no corrió. Quiso evitar que alguien que se acercara de improviso pudiera suponer que él estaba espantado por solo pasar frente al cementerio. No quería ser la burla del pueblo, ni ser pasto ardiente de la difamación. Recorrió unos metros más y pasó frente a la pequeña estructura en medio de un solar reducido que servía de cárcel municipal donde guardaban a los alborotosos y borrachos del pueblo. Advirtió la silueta de la cabeza de un hombre que se asomaba agarrado a los barrotes de una ventanita alta y enrejada, y oyó cuando le gritó frases soeces con un tono entumecido por el licor.

Más adelante, llegó frente al hospital municipal. Fue entonces que se le ocurrió hacerse examinar el brazo, que había empezado a arderle, y cayó en la cuenta, iluminado por otro farol, que tenía un raspazo ancho del que brotaban algunas gotitas de sangre. Entró al hospital a ver si tenían algún antiséptico para limpiarle el despellejamiento y, sobre todo, para ver si tenían algún ungüento antibacterial capaz de detener cualquier infección que pudieran causarle los microscópicos habitantes del cementerio, cuya especialidad él sabía que era la degradación de la carne hasta su más polvorienta inexistencia. Cuando la enfermera le vio la leve desolladura le preguntó qué le había sucedido y él, con la mayor naturalidad de que fue capaz, le contestó como quien dice la verdad:

—Me caí de la bicicleta.

—¡Qué raro! —comentó ella, mientras limpiaba los rasguños con agua de ácido bórico—. Los rayazos son transversales al brazo, no a lo largo.

Se hizo el sueco y no respondió a su observación. Después, ella le aplicó un ungüento —antibiótico, le dijo— y selló la abrasión con una gasa y esparadrapo. Cuando él se puso de pie, ella hizo que se sentara nuevamente, sujetándolo por los hombros.

—No puedes irte aún. Debo ponerte una inyección. ¿O quieres que te dé tétano?

Después del pinchazo, y otra vez en la calle, se detuvo en la acera y miró hacia el cementerio. Aún no dejaba de caer la llovizna fina que mantenía abrillantado el pavimento, dando la sensación de que caminaba por un enorme hueco negro y profundo. En realidad, pensaba, había sido un acto de obvia estupidez penetrar de ese modo al camposanto. Aparte de que, probablemente, era un acto ilegal —por algo el portón estaba cerrado con candado a estas horas de la noche—, había sido un acto temerario. Si alguien lo hubiera visto entrar o salir por la rajadura en la mampostería y al día siguiente hubiera aparecido alguna tumba saqueada, o un esqueleto sin calavera, fácil habría sido para las autoridades acusarlo de apropiación ilegal de bienes o de profanación de tumbas o cadáveres. Habría sido muy difícil que creyeran su historia o, lo que era peor, le habrían tenido por demente. Eso sin contar con los estragos y la marca para siempre en su reputación y su carácter. Habría sido grano abundante para el molino de aquellos que se regocijan en el innoble oficio del chismorreo. Y ni pensar en el mal rato de defenderse en un proceso penal que no siempre lograba esclarecer la verdad de los hechos y que, en la práctica, presumía la culpabilidad del acusado, a pesar de que la Constitución dijera lo contrario. Así que echó a andar hacia su casa pensando en cuán conveniente era tener dispuestos, en la misma calle y a una distancia de cien metros, al hospital, la cárcel y el cementerio.

El padre Cirilo se siente solo

AÚN LE ARDÍA LA ABRASIÓN de su brazo. Contrario a lo que suponía, la noche anterior su madre no le había hecho muchas preguntas sobre lo sucedido. Ante la única explicación posible, simplemente le había recriminado por montar en bicicleta de noche. A pesar de sus veinte años, su madre seguía tratándolo como si tuviera diez; y a él con no hacerle caso le bastaba. Ella se interesó por lo que él había hecho el día anterior. Aprovechó para preguntarle mientras colaba café.

—Fui a ver al padre Cirilo —respondió sin entusiasmo a su primera pregunta, mientras el agua hervía sobre la estufita de querosén.

—¿Al padre Cirilo? ¿Te invitó papá? ¡Pero si ayer no era domingo!

—No, no, él no me invitó. Es un asunto mío con el que abuelo nada tiene que ver. Bueno, en cierto modo sí.

Comenzó a verter el agua en el colador de bayeta y de inmediato el aroma del café hirviente le hizo vibrar las ventanas de la nariz. Inspiró hondo para llenarse de él.

—¿Y qué asunto puedes tener tú con el padre Cirilo? Digo, si es que se puede saber, ¿o no?

—No es ningún secreto. Es más, yo creía que te lo había mencionado —afirmó a sabiendas de que no era cierto.

—¡Sabrá Dios a quién se lo mencionaste, pero a mí no fue!

—Tiene que ver con la soledad. Abuelo lo visita los domingos porque nadie más lo hace. Y que nadie más lo haga es un acto de injusticia al que yo no debo cerrar los ojos. ¿Te acuerdas de que el padre Cirilo, cuando éramos niños, nos pedía que sopláramos por una manga de su sotana y por la otra salían caramelos?

—Sí —le respondió sonriendo—. Lo estuvo haciendo hasta que se jubiló y desapareció de las calles del pueblo.

—Ninguno de los demás curas nos obsequiaba bombones; solo él.

Colgó el colador de un clavito junto a la estufa para que lo último del líquido que parecía atrapado en la harina escurriera en una cafetera revestida de porcelana. Luego, se volvió hacia la alacena y tomó una lata de leche en polvo. Ella sabía, sin embargo, que el primer sorbo de él en la mañana era de café negro y por eso le sirvió un pocillo sin esperar por la leche. Mientras sazonaba su café continuaron hablando:

—Abuelo dice que el padre Cirilo se siente solo, nadie lo visita, nadie más que él.

—¿Y por qué el padre Cirilo no regresa a su país con su familia? —le preguntó ella, como si, de cierto modo, quisiera echarle la culpa de su soledad al cura.

—¿Qué familia? Además, ¿tú sabes dónde queda Holanda? ¿Y tienes idea de la edad que él tiene?

—No, aunque sé que ya está viejito, ¿por qué?

—Porque no todos los curas tienen la suerte de retirarse y contar con alguien de su familia que quiera hacerse cargo de ellos en la vejez. Y, digo, no es que la familia no los quiera. Pero figúrate: salieron muy jóvenes de Holanda —o de España, como hay tantos—; no tuvieron hijos; perdieron a sus amigos al ir a trabajar a otro país; en su ausencia le nacieron sobrinos a quienes casi no conocen y quienes no los conocen a ellos; y sus padres y sus hermanos ya murieron. Dime tú, ¿a quién van a recurrir ahora?

—Pues, a esos sobrinos que tú dices —afirmó su madre con la convicción de que en estas circunstancias los sobrinos debían hacer las veces de los hermanos.

—Los sobrinos deben haber hecho ya sus propias vidas y, para ellos, el tío debe ser prácticamente un desconocido.

—¡Y eso qué tiene que ver! Sigue siendo su tío.

—Sí, pero...

Contra el sentido de caridad de su madre cabían muy pocas razones. Ella no comprendía cómo era que los lazos familiares no fueran tan fuertes como los de su propia familia. En esta los mayores cuidaban de los niños y de los viejos, y los viejos morían en la casa, no en los asilos ni en los bancos de la plaza. Debió suponer que su madre se perdió en sus propios laberintos de la caridad cristiana porque se quedó en silencio y meditabunda. Y no volvió a preguntarle nada más sobre el día anterior.

No eres el primer investigador que viene a pedirme libros viejos

HABÍA TRANSCURRIDO MUCHO TIEMPO desde aquel responso oficiado por el padre Cirilo, pero no el suficiente para haber borrado toda huella del incidente. En la casa parroquial lo atendió la encargada de los registros de la Iglesia. Rafaela era una mujer madura y afable, y vestía con tanto recato que parecía más bien una monja. Le pidió que no la llamara «doña», sino Rafaela, a secas, como todo el mundo la llamaba. Usaba una blusa blanca, abotonada al cuello, y de manga larga; una falda negra y plisada de largo hasta las rodillas, y unos zapatos de tacones anchos y bajitos. Lucía un rosario de cuentas negras al cuello. Parecía como si estuviera a punto de salir para un velorio. Pensó que ella le preguntaría la razón para querer ver unos registros tan antiguos, pero no. Simplemente le expresó que debía volver al día siguiente porque tenía que localizarlos primero en el depósito de los libros parroquiales y que, como ella era alérgica al polvo y a los ácaros, debía avisarle al sacristán para que se los buscara. No obstante, hizo una anotación en una libreta de argollas que extrajo de su escritorio, con toda la información que le solicitó, y lo despidió amablemente.

Se presentó al otro día, tal como ella le instruyó, a la hora convenida y, en efecto, allí estaban los libros apilados sobre una mesa detrás de su escritorio. Ella le advirtió de que aún tenían mucho polvo y hongos, a pesar del esfuerzo de Joaquín, el sacristán, por dejarlos limpios. Comprendió que eran muchos libros, más de los que imaginaba. Se dio a la tarea de revisar, uno a uno, a ver si daba con los registros de defunciones. Debía comenzar por los de la época en que llegó el primer grupo de dominicos holandeses. Sabía —porque se lo había dicho el padre Cirilo el día que se conocieron— que fue en esa época que vino él. No habían pasado muchos años desde que los buques de guerra norteamericanos, luego de bombardear San Juan, averiar la fachada de la iglesia de San José, desembarcar por Guánica y usurpar la soberanía de la Isla, obligaron a todos los curas españoles a regresar a la Península. Una gran cantidad de parroquias quedaron sin curas, casi al garete. La Iglesia católica del país invasor era minoritaria y los pocos curas que envió no hablaban en cristiano. El obispo norteamericano Blenk acudió a Roma, y el superior general de la Orden de Predicadores asignó esta nueva misión a los de la provincia holandesa. Fue así como arribaron en 1904, desde Curazao, los frailes dominicos Gregorio Vuylsteke, Martín Luyckx y Joaquín Selback a la isla. El padre Cirilo llegó al año siguiente, junto a los padres Nielen, Kramer, Raemakers y Povel. Solamente él y Povel permanecieron en el pueblo; los demás fueron a reforzar las parroquias de otros pueblos. Era innegable que los dominicos holandeses estaban en mejor disposición de aprender el nuevo idioma y quemarse al rojo vivo del sol del Caribe. Por eso se habían echado a la mar.

Comenzó a hojear el primer libro. No había transcurrido un minuto cuando Rafaela lo oyó estornudar. Entonces, se volvió para interrogarlo.

—¿Eso es catarro o alergia?

—Alergia.

—Así que tú también eres alérgico.

—Peor, soy asmático.

—Pues, no te conviene seguir rebuscando en esos libros viejos; todavía se ve que tienen polvo y hongos.

—No tengo más remedio que seguir...

—¿Tan importante es lo que buscas? No me tienes que decir si no quieres. No eres el primer investigador que viene a pedirme libros viejos para establecer genealogías.

—¿Qué usted come que adivina? —le dijo utilizando una expresión coloquial que pudiera aflojar cualquier formalidad que aún los separara. De hecho, notó en su rostro un leve amago de sonrisa. —Sí, eso es, una genealogía.

No le dio ningún otro detalle. Se reservaría las explicaciones —o su mentira— en caso de que lo presionara. Sin embargo, ella no lo hizo. Meramente añadió:

—Voy al botiquín a buscarte un remedio instantáneo. Ya verás.

Se incorporó despacio y salió por la puerta del fondo. En eso entró una pareja que, creyendo que él era el sustituto de Rafaela, le preguntó sobre los requisitos para contraer matrimonio. Eran casi tan jóvenes como él e irradiaban la ilusión de dos enamorados sin tropiezos. Entre estornudo y estornudo —que ellos respondían en coro con un «¡Jesús!»— les pidió que esperaran por Rafaela, que regresaría pronto. Y así fue. Rafaela regresó trayendo una botella de alcoholado mezclado con hojas de ruda y un pañito de hilo blanco, planchado y doblado en tres partes y a la mitad, de los que usan los sacerdotes para secarse las manos en la misa luego de lavárselas antes de la consagración.

—Échale un poco de alcoholado al paño y te lo pones sobre la nariz. Huélelo despacito, pero no profundamente, y ya verás como se te pasa.

Los jóvenes miraban y escuchaban con atención sus instrucciones como si, al igual que él, se enteraran ahora, por primera vez, de un remedio tan singular. Al destapar la botella, se escapó un olor fuerte y un tanto desagradable a su gusto. Aun así, inspiró tal y como Rafaela se lo mandó a hacer, y aunque inicialmente sintió un cosquilleo en lo profundo de las narinas que le hizo estornudar otra vez —«¡Jesús!»—, fue la última vez que lo hizo. Una sensación agradable de alivio le contuvo después los estornudos. El goteo nasal, sin embargo, prosiguió por buen rato. Escuchó a Rafaela dar toda clase de instrucciones a los novios y apercibirles de que no se podrían leer las proclamas de su boda en las misas de los domingos hasta tanto ellos cumplieran con los requisitos y fijaran la fecha de la celebración. Le agradecieron a ella la información y se retiraron, llevándose con ellos la ilusión de que daban en concreto otro paso firme en la relación que los uniría hasta que la muerte los separara. Rafaela se volvió a preguntarle:

—¿Cómo te sientes?

—Es un remedio casi milagroso.

—¿Has encontrado algo de lo que buscas?

—Aún no, pero solo estoy en el segundo libro.

Rafaela interrumpió la conversación para atender a una señora avejentada que entró a encargar una misa para su difunto esposo. Luego, se pusieron a conversar sobre otros temas que no le interesaban a él, pero que se vio obligado a escuchar, dada la cercanía de su mesa. Justo a las doce, ella le dijo que cerraría la oficina hasta las dos, por si interesaba regresar. No había avanzado gran cosa en la revisión de los libros, pero no le quedó más remedio que retirarse a almorzar.

Por la tarde, ya la rinitis había cedido por completo. De todos modos, Rafaela le había dejado sobre la mesa junto a la pila de libros la botella de alcoholado con ruda y el paño de hilo. Al sentarse, pudo empaparlo nuevamente y colocárselo sobre la nariz. Lo haría durante los próximos cuatro días en que se allegaría a la oficina parroquial. Ella lo veía hacerlo y le sonreía satisfecha por haberle provisto un remedio tan simple como efectivo.

Con el paso de los días, entre café y café que le obsequiaba Rafaela de un termo que tenía a su lado, le pareció evidente que los libros parroquiales de la época reflejaban un poco la transmigración de los curas españoles, no por la caligrafía de los nuevos textos que se entraron a partir de la llegada de los holandeses, sino por los frecuentes gazapos en su redacción. A los holandeses les tomaría algunos años dominar la acentuación ortográfica de los nombres y los apellidos y la utilización correcta de ciertas consonantes en algunos de los apellidos, incluidos los corsos. Notó que, al principio, por ejemplo, inscribían fonéticamente como Franchesqui a decendientes de gente que había sido bautizada Franceschi. Pero, nada más ver la genealogía que mostraba el examen de otros libros, le hizo comprender que se trataba del mismo apellido, solo que mal escrito.

Fue así como al cuarto día vino a dar con la anotación de la defunción de un tal Juan Antonio Cornelio Paduovani Vivoni, hijo de don Pedro Paduovani de la Serna y doña María de las Mercedes Vivoni Antongiorgi, soltero, fallecido a la edad de veinte años. Tuvo dudas cuando vio escrito ese *Paduovani*, por una posible confusión, la cual se explicaría con que en español Padovani significa *de Padova*, o sea, *de Padua*. Como en tantas otras inscripciones, algunas gotas de un líquido desconocido —¿sudor?, ¿alcoholado con ruda?— habían caído sobre las páginas y habían logrado que se rodara la tinta, al punto de que por la mancha resultante no pudiera leerse la fecha de la anotación. Únicamente podía leerse una apostilla, entre paréntesis, al margen del borrón: «Día de la Virgen del Perpetuo Socorro del año del huracán San Lorenzo».

Este era el único Paduovani soltero fallecido en esos años tempranos de los dominicos holandeses en Yauco. A los veinte años, en esa época —él supuso— cualquier hombre trabajador debía estar casado. El dato le pareció un buen punto de partida.

—*¡Eureka!* —dijo entusiasmado al cerrar el último libro que interesaba examinar.

Rafaela lo miró asombrada y le preguntó:

—¿Qué dices?

—*Eureka*, que quiere decir que creo que encontré lo que estaba buscando. Bueno, al menos encontré un indicio.

—¿Cómo que un indicio?

Trató de explicarle lo mejor que pudo a aquella mujer sencilla, de evidente escolaridad limitada, que procuraba ganarse el cielo con modestas cuotas de caridad cristiana, que la información encontrada hasta ese momento era suficiente y le permitiría continuar haciendo otras averiguaciones «genealógicas» por su cuenta. Todo eso a ella debió haberle sonado a arameo porque no le hizo más preguntas sobre el tema. Simplemente le pidió que dejara los libros en el mismo lugar de los días anteriores; que ella se encargaría de pedirle a Joaquín que los devolviera al depósito de los libros. Él se ofreció a hacerlo en el acto, pero ella insistió en que no era necesario, pues eso era trabajo del sacristán.

Satisfecho, le agradeció su ayuda, el remedio santo para su alergia y los cafés que le había obsequiado los días anteriores, y se fue pensando acerca de cuál sería su próximo paso.

Diana, mi nombre es Diana

LA MISMA NOVICIA DE PECAS HERMOSAMENTE situadas sobre sus pómulos y nariz vino al pórtico luego de él haber hecho sonar la campanilla varias veces. Nuevamente sentía las sacudidas que le producían su sola mirada, una inquietud recalcitrante e indómita que lo llevaría otra vez al confesionario.

—Disculpe la demora, señor, es que esta es la hora en que muchos de los residentes toman sus medicamentos y hemos estado muy ocupadas. ¿Viene a visitar al padre Cirilo? —le preguntó, y sin esperar respuesta añadió—: Adelante y siéntese, en lo que le aviso a la hermana Catalina.

Esta vez se había propuesto no olvidar las reglas de urbanidad. Mientras caminaban el cortísimo trecho hasta el banco frente a los retratos de San Vicente de Paúl y del Sagrado Corazón, aprovechó para disculparse.

—Perdone, hermana. La vez anterior me fui sin despedirme ni agradecerle su atención y no quiero que usted y la hermana Catalina me tomen por persona maleducada.

—No se preocupe, señor. En realidad, yo ni lo noté. Además, no fue sor Catalina quien lo acompañó la otra vez donde el padre Cirilo; fue sor Inés. Pero sor Inés salió hace dos días en peregrinación a la Rue du Bac 140 de París.

—Aun así, no quería que...

—Está bien, se lo diré a sor Inés cuando regrese.

Esta vez le notó una tenue sonrisa. Cuando inició el movimiento para sentarse según sus instrucciones, cayó en la cuenta de que no le había preguntado su nombre y ya ella se alejaba. Así que casi tuvo que gritarle:

—Hermana ¿y su nombre?

—Pues, sor Catalina.

—No el de la hermana Catalina, sino el suyo.

—¡Ah! Diana, mi nombre es Diana. —Y esta vez sí que se le dibujó a ella una amplia sonrisa que le taladró un par de hoyuelos en las mejillas.

Volvió a ocupar el mismo banco de antes bajo la mirada misericordiosa de la imagen del Sagrado Corazón, pero con una intranquilidad perseverante: la de haber observado por más tiempo la otra imagen, la de la novicia Diana. Porque era innegable que su proximidad había surtido en él un efecto distinto del que le producía la mera presencia de cualquier otra monja. Acababa de descubrir, o más bien de aceptar, que se sentía atraído por sor Diana. Y, sin quererlo, volvió a formularse la misma pregunta de la vez anterior: cómo sería eso de enamorarse de una monja o, para no ir tan lejos, de una novicia. Solamente había visto una situación parecida en el cine —*The Sound of Music*—, y el cine era solo eso: cine. Él vivía insertado en el mundo real. Aunque él no recordaba de momento cuál era la diferencia entre una hermana de la Orden de las Hijas de la Caridad y una postulante, sabía que existía, por lo que su situación a lo mejor no era tan grave. Aun así, volvió a experimentar el mismo sentido de culpa que experimentó la vez anterior y volvió a persignarse como muestra de arrepentimiento. Esta vez, sin embargo, algo era distinto: sinceramente, no estaba arrepentido, sino entusiasmado con la sola idea de sentirse atraído por sor Diana. Fue por eso que no se atrevió a levantar la vista del suelo, para evitar cruzarse con la mirada del Otro, la del Sagrado Corazón en la pared de enfrente que, de seguro, lo estaría observando insistentemente con ojos de juicio final.

Sor Diana no tardó en regresar a decirle que sor Catalina se demoraría algunos quince minutos porque estaba atendiendo una situación particular de última hora con uno de los residentes.

—¿Con el padre Cirilo? —inquirió intranquilo.

—No, no, gracias a Dios el padre Cirilo, a pesar de haber tenido sus alzas y sus bajas durante la semana, ha estado muy bien.

—Le traje varias cajetillas de Chesterfield. Me di cuenta de que es lo que él fuma.

—Sí, es su marca favorita, pero no es un regalo que le convenga. No me malinterprete; sé que su intención es buena. Simplemente, tratamos de limitarle los cigarrillos porque él sufre de enfisema pulmonar. Este año ha estado hospitalizado tres veces. El cigarrillo que usted le vio fumar el otro día se lo regaló una empleada.

—Ah, pues discúlpeme, sor Diana. Debí haberle preguntado a usted primero.

—No se preocupe, usted no tenía manera de saberlo.

Hasta ese momento sor Diana lo miraba directamente a los ojos mientras hablaban. Él asentía continuamente a lo que ella decía. Y se hubiera quedado toda la vida allí, hablando con ella, nada más que por contemplarla y escuchar su voz, a no ser porque los aparejos de la vida le dieron un tirón a su realidad.

—Debo irme. —Ella giró ciento ochenta grados y comenzó a alejarse. Él casi tuvo que volverle a gritar:

—Sor Diana, olvidaba decirle que también traje algo para usted. —Extrajo de la misma bolsa de estraza de los Chesterfield un chocolate envuelto en celofán, que ella regresó a recoger—. Espero que le guste.

—Ah, chocolate para mí... y las hermanas. ¡Cómo nos gusta el chocolate!

—Eh... eh..., bueno, sí, para usted y... y... las hermanas.

Cuando se alejó lo suficiente como para casi tener que gritar, dijo:

—Gracias, Fernando Luis, gracias.

¿Fernando Luis?, ¿cómo supo su nombre si nunca se lo había preguntado?, ¿y por qué Fernando Luis? Por ese nombre lo llamaba únicamente su difunto padre, y solo cuando estaba enojado con él. Todos le decían Nando. Lo cierto era que esto le hizo caer en la cuenta de que era la primera vez que sor Diana lo llamaba por su nombre. Anteriormente le había dicho «señor» y «usted», algo muy característico de quienes procuran guardar cierta distancia emocional en el trato con los demás. En su caso, él la trataba de usted porque era una religiosa, no porque

48

quisiese guardar distancia o porque ella fuese mayor que él (de hecho, probablemente, no lo era, a juzgar por su apariencia). Sin embargo, ella había utilizado su nombre a secas, y no le había dicho: «gracias, señor» o, en todo caso, «gracias, señor Caraballo». ¿Sabría también su apellido? Bueno, si sabía sus nombres debía saber su apellido. Y si lo sabía ¿cómo se había enterado? Porque lo cierto es que el sobre en que estaba la nota de su abuelo, dirigido a sor Esperanza, estaba cerrado. Él mismo lo leyó antes de pasarle la lengua a la pestaña engomada. Por eso sabía que su abuelo hacía referencia a «el portador de esta nota», sin decir su nombre. Además, cuando el padre Cirilo le había preguntado el nombre, él simplemente le había dicho: «Llámeme Nando».

En esta elucubración se encontraba cuando al cabo de unos minutos vino a recibirle sor Catalina, una monja delgada de rostro agarrotado, que le doblaba la edad, y que lo condujo al balcón del segundo piso sin hablarle. Había en ella una distancia indescifrable, de la que nunca se sabe si es pura timidez o exagerada prudencia en el trato con el sexo opuesto. En el mismo balcón y espacio estaba el padre Cirilo, sentado en el balancín de caoba y pajilla, meciéndose suavemente. Esta vez no fumaba, sino que leía una pequeña biografía de Fray Escoba, un beato de la Orden de los Predicadores. Lucía de muy buen ánimo y lo reconoció de inmediato. Así que, luego de saludarlo con cierta familiaridad, Fernando lo puso al tanto:

—Padre Cirilo, el único asiento respecto al falleci-miento de un Paduovani, no Padovani, tenía una mancha de tinta que no dejaba ver completa la fecha en el asiento, pero al margen había una anotación en la que se leía: «Día de la Virgen del Perpetuo Socorro del año del huracán San Lorenzo».

—Nando, el día de la Virgen del Perpetuo Socorro es el 27 de junio. El huracán San Lorenzo pasó por la isla en el 1907. No hacía tanto que yo había llegado de Curazao.

—Entonces, si la persona que hizo la acotación había leído la fecha exacta, 27 de junio de 1907, antes de produ-cirse el borrón o mancha, no entiendo por qué no volvió a escribir «27 de junio de 1907», en lugar de anotar lo de la Virgen y el huracán.

—Mira, Nando, eso es difícil saberlo. Una posibili-dad es que la anotación «Día de la Virgen del Perpetuo Socorro» fuese hecha por una persona distinta, antes de producirse el borrón; una persona que conocía el santoral para ese día, tal vez devota de esa Virgen, y que, por pura casualidad, examinando el libro al ver la fecha, se sintió impulsada a añadir la anotación. ¿No has visto tú cómo ni siquiera se respetan los bancos de la iglesia y que los feli-greses hacen todo tipo de inscripciones? Tampoco hay que descartar que la hubiese hecho la misma persona que escribió la fecha y que el borrón lo produjo accidental-mente otra persona que examinaba el libro y que, por temor o vergüenza, no informara el hecho al encargado del registro, y añadiera lo del año del huracán.

—Es que en esto hay algo mal.

—No, no. No le des más vueltas al asunto, que ahí no hay ningún misterio. En todo caso, la sospecha que puedas tener será obra de tu imaginación.

Mientras conversaba con el padre Cirilo, Fernando había buscado con la vista a sor Diana, quien se hallaba de pie y frente a él, en la esquina opuesta del balcón, peinando las canas de una viejecita que hablaba sola y se reía. Se tropezó con sus ojos felinos, y notó que ella se demoró en desviar la mirada. Fue entonces que él sintió la efervescencia de su mar de hormonas oponiendo resistencia al ataque desatado, así como la resistencia de las neuronas de la razón. La voz del padre Cirilo lo devolvió a su entorno inmediato.

—Tuvo que haber sido el joven Padovani al que me referí la vez pasada. Yo, si fuera tú, no me fiaría de que aparece escrito como Paduovani. Lo más probable es que haya sucedido lo que ya te expliqué la vez anterior: que así lo entendió el registrador, y no necesariamente que así fuera la manera correcta de escribirlo. De todos modos, déjame ese papelito con los nombres escritos, a ver si después me viene algo a la memoria.

El papel incluía los tres nombres encontrados en el libro parroquial: «Juan Antonio Cornelio Paduovani Vivoni», «Pedro Paduovani de la Serna» y «María de las Mercedes Vivoni Antongiorgi» y, debajo, «Día de la Virgen del Perpetuo Socorro del año del huracán San Lorenzo». Cuando le alargó el papel al padre Cirilo, Fernando levantó la vista y volvió a toparse con la mirada disimulada de sor Diana. Esta vez ella tampoco la apartó;

por el contrario, la sostuvo por varios segundos antes de sonreir y humillar la mirada.

El padre Cirilo y él conversaron sobre otros temas por un rato más. Antes de despedirse, lo alentó a que continuara sus estudios universitarios, y le preguntó que si alguna vez había sentido inquietud vocacional por el sacerdocio. Le respondió la verdad: que sí, a los catorce años, pero que se le había pasado el día que le tomó la mano a una nena que le gustaba y sintió la erupción del volcán indómito que duerme en el interior de los varones —una metáfora que había leído en algún libro—. El viejo cura simplemente sonrió y le contestó con otra metáfora:

—Ese es el fuego ardiente del amor, tan indispensable para la otra vocación cristiana: la del sagrado matrimonio. Recuerda: si no lo sabes controlar, puede conducirte al otro fuego, al fuego eterno que no se apaga, del que solo brotan el llanto y crujir de dientes.

Fernando se limitó a sonreírle y se incorporó para marcharse. Sor Diana, que evidentemente lo tenía bajo observación, se acercó a él y se ofreció a acompañarlo hasta el portón. Le agradeció el gesto y caminó junto a ella. Bajando las escaleras, y aprovechando que no había nadie cerca, se atrevió a preguntarle que por qué sabía su nombre:

—Me lo dijo don Valeriano —Lo miró con el rabito del ojo, y comenzó a sonreír.

Al cruzar el patio interior, sor Catalina la llamó al verla pasar.

—¿Por qué no me avisaste que el señor se iba?

—Es que pensé que todavía usted estaba bregando con doña Paquita.

—Sabes que las reglas son las reglas. Las postulantes pueden recibir a los visitantes, pero dentro del hogar estos deben estar acompañados por alguna de nosotras.

—Lo siento, hermana. —No quiso asegurarle que no volvería a ocurrir porque sabía que no podría cumplir una promesa como esa.

Sor Diana, con la austeridad de la reprimenda borrándole del rostro su sonrisa anterior, regresó por donde habían venido, y sor Catalina lo acompañó hasta el portón. Realmente, él no sabía qué mosca le había picado a la monja puritana porque la última vez sor Diana también lo había acompañado hasta la entrada y sor Inés no había hecho tanto aspavientos. A apenas cuarenta pies de la salida, no hacía ninguna diferencia que fuese sor Diana o sor Catalina quien lo acompañara al portón. Hubiera podido llamarle la atención a solas, después de que él se hubiese marchado. Además, habría sido lo cristianamente caritativo.

Mientras se alejaba de la casa, sintió el peso suave de la mirada de sor Diana sobre su nuca, y volvió la vista atrás. Allí estaba ella, asomada al balcón, inmóvil, apoyando los codos sobre la baranda y sosteniendo su cara entre las manos. A la distancia en que aún se encontraba, Fernando podía ver su rostro y ojos maravillosos. Ella no desvió la mirada, y aunque era él quien debía apartar la suya para no tropezar en el camino, cada vez que volvía los ojos podía ver que lo seguía observando. Hasta que desapareció del alcance de su vista en el trecho descendente de la cuesta. Entonces, sintió un aguijón de alto voltaje que no le permitió arrancar de la mente su imagen por el resto del día.

ESA TARDE NO TUVO NINGUNA DIFICULTAD en conseguir un carro público que lo regresara a su casa, por lo que, al pasar por la barriada de los Perros y el cementerio, no lo hizo a pie. Al llegar frente al viejo cementerio pudo ver la hendidura en el muro, la abertura por la cual había penetrado una noche de aquellas y donde tal vez quedara aún parte de su epidermis. Comprendió que su renuencia a creer en historias de aparecidos lo había mantenido aislado del acontecimiento. Ni siquiera la misma noche en que tropezó con algo blando en el suelo y escuchó el sonido estridente que le pareció un grito humano quiso entrar al juego de las conjeturas. Era como si «eso» no hubiera ocurrido. Al mismo tiempo, sabía que esa experiencia era producto de la realidad y no de su imaginación. Pudiendo regresar al día siguiente al del acontecimiento a buscar señales de vida humana en esa parte del cementerio, optó por no hacerlo. Descartó el asunto diciéndose que era indisputable el hecho de que él había tropezado con algún borracho que utilizaba ese espacio para dormir y que, al tropezar con él, del susto se aferró a sus pies. Así que no había nada que constatar en la escena. De todos modos, le preguntó casualmente al chofer:

—Y ese hueco que se ve en el muro del cementerio ¿a que se debe?

—Ahí mataron a Chiro.

—¿A qué Chiro?

—Chiro era un bohemio dado a la bebida. Se pasaba en el negocio de Toño Torres recitando poemas que declamaba el Indio Duarte. Dicen que cuando Chiro recitó el *Duelo del mayoral* —o *Duelo en la cañada*, como le llaman algunos—, un individuo se dio por aludido creyendo que Chiro lo recitaba por él; creyó que Chiro le quería decir «cabrón». Entonces, el individuo se fue del lugar y lo veló. Cuando Chiro caminaba borracho de regreso a su casa, el individuo se le fue detrás en su carro y cuando llegaron a la soledad del cementerio, el individuo aceleró y le tiró el carro encima. Con el impacto, pilló a Chiro contra el muro del cementerio y tumbó esa parte que el municipio no ha mandado a reparar todavía.

—¿Y cuándo fue eso? —preguntó sin salir del asombro.

—Ya hace un par de meses. La policía anda buscando al responsable.

Fernando había escuchado por la radio la noticia de un accidente en que un conductor había arrollado a un peatón ebrio frente al cementerio, y se había dado a la fuga, pero desconocía los detalles que el chofer le contaba ahora con pelos y señales. Ahora el relato le parecía verdaderamente escalofriante. Y no hizo ninguna otra pregunta.

La polilla había hecho sus estragos

TUVO LA SUERTE DOBLE DE DESCUBRIR que la policía del pueblo aún conservaba los libros de novedades antiguos en una destartalada covacha detrás del cuartel y que su primo, que era allí teniente, le facilitó la búsqueda.

—No se supone que estén ahí —le dijo el guardia de retén—. Debieron habérselos llevado para San Juan hace muchos años para desecharlos oficialmente. Nunca vinieron a buscarlos. Un día de estos, a lo mejor, los meto en cajas y los tiro a la basura.

Afortunadamente, los libracos quedaron abandonados en algunos estantes rodeados de los más inverosímiles objetos que a través del tiempo habían puesto en evidencia a la gente de malos pasos en el pueblo y de todo tipo de parafernalia para delinquir que les fue incautada. También notó algunas cajas grandes de cartón, muy deterioradas, con inscripciones manuscritas de «municiones sin disparar». Más que un almacén de objetos y documentos oficiales, aquel lugar había venido a ser un trastero de cosas inútiles.

Cuando al fin se abrió paso hasta los estantes, comprendió que había una variedad de libros sobre informes oficiales muy deteriorados. La polilla había convertido muchos de ellos en verdaderas ruinas y el hongo negro de humedad todo lo cubría. Tuvo que retirarse tan pronto comenzó a estornudar y a sentir que le faltaba el aire.

Recordó el remedio de Rafaela y, antes de continuar con la labor, fue a comprar alcoholado. Sin embargo, no consiguió ruda. La cajera del colmado le sugirió que probara un alcoholado con eucalipto que venía ya mezclado, y eso hizo. Aprovechó para también comprar un ungüento mentolado para untarse en el borde exterior de las narinas. Regresó al cuartel, con la nariz untada y oliendo despacio el pañuelo mojado con alcoholado.

Rebuscando entre los libros de novedades policíacas conservados desordenadamente, se dio cuenta de que no estaban completos; faltaban algunos tomos, sobre todo, los correspondientes a la época de los primeros años de los dominicos holandeses. No se desesperó. Lo primero que hizo fue asegurarse de separar los libros de novedades de los demás y, entonces, no pudo resistir su manía de ordenarlos cronológicamente, siguiendo el año, ya borroso, en el lomo de cada uno. Le tranquilizó ver que el tomo correspondiente al año del huracán San Lorenzo no estaba desaparecido.

Mas, era evidente que la polilla había hecho sus estragos. Donde hubo interesantes entradas sobre los eventos más disímiles, en muchos de los libros solo quedaban relatos fragmentados, a veces de sucesos graves, los más de quejas insignificantes. Otros libros, en cambio, habían superado la voracidad de las larvas y mostraban en todo su esplendor los pesares y vivires de la gente del pueblo. Podían leerse, en todo o en parte, frecuentes denuncias de pequeños hurtos y de alteraciones de la paz pública en todo tiempo, lugar y circunstancia. Sobre todo, estas y otras tantas parecían acciones exacerbadas por el alcohol. Eran comunes las denuncias de riñas y amenazas provocadas por celos —infundados o no—, por comentarios ofensivos sobre la madre del que las recibía, por deudas viejas que alguien se negaba a pagar, por escandalosas difamaciones o por cualquier motivo trivial y, a veces, sin motivo. En la mayoría de esas entradas, el guardia había acotado que el denunciado lo había hecho «en aparente estado de embriaguez» o, simplemente, «estando borracho».

Igualmente constaban entradas de sucesos graves, como la del hermano que le partió el corazón a otro de un machetazo sobre el esternón porque, «según la propia confesión del sospechoso, el occiso le había levantado la mano a su señora madre». También se podía leer la del tío que había tenido «acceso carnal a su sobrina de trece años y se encuentra ahora desaparecido», y la del escalamiento a la sacristía del templo parroquial de donde desaparecieron «dos cálices de oro, un copón de plata y un sagrario pequeño de plata con incrustaciones».

Sin embargo, uno de los tomos más estropeados del estante era precisamente el del año del huracán San Lorenzo, y fue donde advirtió por primera vez lo que le pareció la pista que buscaba. La polilla había consumido gran parte del texto, mas, aun así, permitía entrever el suceso con alguna certeza: «Sim...n Quiñ... el sepult...del ...erio mun... informa de q... ...sta ...ñan... encontr...

...erpo de una pers... junto a u... ...stiba de huesos... umba... ...no prese... ...eñas de viol...cia ...ident...ción alg... ...ausa de la mu... desco...ida». Firmaba la entrada un tal «Oneli... Pa...eco, cab... ...licía ...ular». La fecha era incierta en cuanto al día, pues, al lado derecho del 2, había una perforación perfectamente circular que pudo haber hecho desaparecer cualquier otro número y, a su lado, otra cavidad elongada, donde alguna vez se escribió el mes. Sin embargo, por las entradas anteriores y posteriores del libro, dedujo que correspondía al mes de junio y, en cuanto al día, si la novedad correspondía al cadáver del joven cuyo responso estuvo a cargo del padre Cirilo van Meer el día de la Virgen del Perpetuo Socorro, el guarismo ausente era el 7.

Se puso a reconstruir el texto arruinado, supliendo lo que faltaba de la anotación original, que letra a letra habían consumido las larvas. El mismo retén le ayudó en la reconstrucción, no porque Fernando necesitara de colaboración alguna, sino porque quería sentirse útil. Sabiendo que Simón era el padre de Mayito el Sepulturero, se le hizo fácil saber cuáles eran las palabras iniciales. Descifrar las restantes no fue como descifrar la piedra Rosetta:

Sim[ó]n Quiñ[ones] el sepult[urero] del [cement]erio mun[icipal] informa de q[ue e]sta [ma]ñan[a se] encontr[ó el cu]erpo de una pers[ona] junto a u[na e]stiba de huesos [al lado

de una t]umba[. *El cuerpo*] no prese[*ntaba s*]eñas
de *viol*[*en*]cia [*ni*] ident[*tifica*]ción alg[*una. La
c*]ausa de la mu[*erte es*] desco[*noc*]ida. Oneli[*o*]
Pa[*ch*]eco, cab[*o de la Po*]]licía [*Ins*]ular

De modo que la novedad, según el texto consumido
parcialmente por la polilla, era la aparición de un cadáver
de una persona desconocida, junto a un montón de huesos de naturaleza desconocida y de causa de muerte desconocida. Entre tantas circunstancias desconocidas, lo
mejor sería volver al lugar de este hallazgo.

¿Dónde está el panteón de la familia Padovani?

AMALIO QUIÑONES, MAYITO, ERA UN hombre negro, alto, de cabello rizado, pómulos levantados y nariz perfilada, musculoso, que se movía continuamente a puro sudor entre sepulcros, panteones y sepulturas sin desyerbar. Había heredado de su padre ese oficio, el cual no tuvo que aprender en academias ni universidades, y al que, después de todo, los desempleados del pueblo no aspiraban ni de juego. Su padre, el viejo Simón, lo había ejercido por más de sesenta años, hasta que la muerte lo sorprendió una mañana calurosa de verano cavando la fosa para la esposa muerta del alcalde. De hecho, con la muerte del viejo Simón, Mayito el joven descubrió lo ingrato de su oficio. El de su padre fue un entierro de pobres, sin coche fúnebre ni dolientes emperifollados de negro, sin féretro de bronce ni despedida de duelo.

Cuando le dijo a Mayito que había confirmado en los libros parroquiales que el que aparecía como «*un muerto escapado de la fosa*» era probablemente un corso, como le había contado su padre, sonrió.

—Se lo dije, mi padre era incrédulo, no farsante.

—Quisiera descubrir dónde está enterrado; quiero saber si coincide su nombre con el del registro de defunciones —replicó serenamente—. Tu padre tuvo que haberte contado algo más.

—Que yo recuerde, nada más.

—¿Dónde está el panteón de la familia Padovani, que podría ser Paduovani, según el acta de defunción? —le preguntó, mientras caminaban por el corredor de los mausoleos y sepulcros de estatuas aladas de mármol—. Tiene que haber un panteón de esa familia.

Pues no, no lo había. Quizás lo hubo, pero ya no quedaban rastros visibles para localizarlo. Ciertamente, estaba caminando por la parte más vieja del cementerio, la primera, la que se inauguró en la segunda mitad del siglo diecinueve como cementerio católico —para diferenciarlo del cementerio masónico—, cuando todos los muertos del pueblo cabían en la primera hilera de las sepulturas. La arquitectura de los monumentos funerarios es, y va a propósito la redundancia, monumental. Esos ángeles alados —que ahora recuerdan a La Victoria de Samotracia— cautivaron a Fernando de niño, y, aunque entonces nunca se le ocurrió que algún día se tendría que morir, recordó haberse planteado alguna vez, en medio de ese arrebato de inmortalidad que a todos da de niños, que, si tuviera que morirse, le gustaría tener unos ángeles como esos sobre su tumba.

Al lado derecho del corredor había dos mausoleos y varios panteones de dos, de cuatro y de seis bocas. Al lado izquierdo, había una hilera de sepulturas y un cenotafio. Los nombres en las lápidas de mármol eran los usuales en el pueblo y cada panteón tenía una inscripción que lo identificaba como de la «Familia Tal». Fue uno por uno, comenzando por los de aspecto más antiguo y acabando por los más descuidados. Todo fue en vano. Los apellidos más comunes eran Quiñones, Martínez, Vélez, Vega, Rodríguez, Caraballo, López y Pérez. Los corsos eran también frecuentes: Mariani, Batistini, Cervoni, Mattei, Antongiorgi, Vivaldi, Franceschi, Negroni, etcétera. Pero ni uno solo era Padovani.

En el principio no fue así, pero ahora unos y otros apellidos aparecían entremezclados. La solvencia del vivo, ahora muerto, se conocía más por los ornamentos de la tumba que por su ubicación en la necrópolis. Había panteones enchapados de mármol, otros de granito y, otros, simplemente empañetados de cemento y pintados de blanco. En unos, la inscripción de los datos personales del difunto era sobre lápidas de mármol o tarjas de bronce; en otros, sobre marmolina y, la mayoría, sobre el cemento blanco y letras de esmalte negro mate. También eran distinguibles por los epitafios. En los de aspecto más humilde se leían: «Tu esposa e hijos no te olvidarán», «Tus padres siempre te recordarán», y así por el estilo. Las diferencias también podían notarse en que, en las mejores tumbas, las estatuitas de la Milagrosa eran de granito y aparecían en edículos muy bien diseñados, mientras que, en las otras, eran de yeso y estaban a la intemperie.

El viejo cementerio estaba sobrepoblado de cadáveres. Salvo las tumbas aledañas al pasillo central y a algunas aceras transversales, las demás estaban construidas en desorden, orientadas indistintamente hacia todos los puntos cardinales y casi unas encima de las otras. De hecho, el solapo era evidente y hubo familias que para evitar la usurpación tuvieron que deslindar los pequeños solares de sus sepulturas con postes de concreto en las esquinas, conectados por tubos de hierro galvanizado o cadenas; otras, sin los postes de concreto, simplemente demarcadas por alambre de pollo. Había muchas sepulturas anónimas y abandonadas, en las que probablemente nunca hubo flores, y en las que se podía adivinar la presencia de restos enterrados, solo por la cruz de cemento sin pintar sobre la tierra enyerbada. Eran verdaderos monumentos al recuerdo desvanecido de los muertos, a la temida consumación precipitada del olvido.

Deambuló por la parte norte del cementerio, evitando cualquier desviación que lo llevara al área de la verja agrietada al lado sur, junto a la calle. Había decidido no pensar por el momento en el asunto del tropezón con el borracho que suponía que utilizaba ese espacio para dormir.

Al cabo de un largo rato, se dio por vencido. El calor de la media mañana, aumentado por la ausencia de sombra y el vaho dimanante de las extensas superficies de hormigón de las tumbas, hacían insoportable su estancia en el cementerio. Además, no quería que el intenso fuego lento del mediodía que comenzaba a cubrir las tumbas le cocinara la piel de la cara y los brazos por este nuevo afán de descubrir el sepulcro de los Padovani. Así que fue a despedirse de Mayito el Sepulturero, que estaba en ese momento acompañado de un inspector de Sanidad, mientras se disponía a trasladar al osario norte los restos de un muerto olvidado en una tumba anónima.

—¿Y por qué hay tumbas anónimas? —Fernando tuvo curiosidad por saber.

—No hay tumbas anónimas —le aclaró el inspector de Sanidad—. Puede ser que se haya borrado la inscripción y nadie se ocupara de darle mantenimiento. En los libros municipales siempre hay constancia de los enterramientos y la identificación de las sepulturas.

Le explicó, entonces, que antes de que el municipio construyera el nuevo cementerio y pusiera a la venta los solares mortuorios de este viejo camposanto, los daba en arrendamiento por lapsos de cinco o siete años. Expirado el plazo, los deudos del finado estaban obligados a remover los restos a un nicho privado, pues, de lo contrario, como era el caso de esta mañana, el municipio los trasladaba al osario común. El inspector de Sanidad no supo decirle si aún se conservaban en el ayuntamiento todos los libros históricos de los arrendamientos, pero, al menos, así fue como Fernando supo a dónde dirigirse.

El registro de sepulturas del viejo cementerio

LA MUJER DETRÁS DEL ESCRITORIO LO MIRÓ con incredulidad cuando le preguntó por los libros más antiguos del registro de los contratos de arrendamiento de los solares del viejo cementerio municipal. A pesar de su suspicacia, fue muy atenta.

Primero, lo interrogó amablemente sobre el motivo de ese interés por un cementerio en el que ya casi no había enterramientos y que muy pocas personas visitaban. Y, en respuesta, con la misma amabilidad, le mintió:

—Soy un estudiante de historia. Todo el mundo sabe de la importancia de los cementerios en la historia de los municipios y el de mi pueblo no sería la excepción.

No se atrevió contarle la verdad porque estaba seguro de que, si le decía que estaba trabajando en la historia del *«muerto escapado de la fosa»*, lo habría tomado por demente. Después, le preguntó que cuán atrás en la historia del cementerio quería abundar y, al expresarle que en la primera mitad del siglo veinte, se levantó del escritorio y desapareció por una puerta lateral al fondo del pasillo. Regresó como a los quince minutos. Detrás de ella caminaba un conserje cargando seis libracos gruesos que depositó sobre una pequeña mesa junto al escritorio de ella.

—No sé si están completos. Son los únicos que pude identificar con información de esa época —le dijo sonriente—. Después, con más calma, podría ver si hay alguno otro colocado fuera de sitio. Mientras tanto, puede usar esta mesa.

El mismo conserje trajo una silla de madera que colocó junto a la mesa. Y allí estuvo por los próximos tres días, junto a su botella de alcoholado con eucalipto y un pañuelo.

El primero no fue muy productivo, no porque careciera de material suficiente que examinar, sino por el continuo entra y sale de personas y funcionarios de aquella oficina, que se detenían en el escritorio de la joven mujer a hacer toda clase de preguntas y comentarios. Y, aunque los techos de las oficinas eran elevados, el reducido espacio entre las paredes no permitía conversaciones inaudibles.

Así supo quién en el pueblo había muerto el día anterior, a quién le habían descubierto una enfermedad incurable, qué mujer se sospechaba que le era infiel a su marido, a qué marido descuidado habían visto entrar con otra mujer al pequeño hotel que queda frente a la plaza, y a qué supervisor de la fábrica de galletas habían despedido tres días antes por pellizcarle una nalga a dos de las operarias. El ajetreo mayor lo producía el tropel de desempleados en busca de cartas de recomendación del alcalde para poder conseguir trabajos de sombra o de escritorio. En fin, que, como la distracción era mayúscula y la joven mujer lo advirtió ese mismo día, hizo que le habilitaran a Fernando un espacio donde trabajar en el segundo piso de la alcaldía, en un recodo distante del pasillo que conducía al despacho del alcalde.

El segundo día Fernando llegó temprano, apenas media hora después de comenzada la jornada de los empleados. Se presentó donde la joven mujer que el día anterior le había facilitado los libros, y esta hizo que el conserje se los buscara. Ella había vuelto al trajín de antes, a escuchar las noticias nuevas y los rumores viejos y las quejas de siempre de los desempleados, de no conseguir trabajo, a pesar de las cartas de recomendación que el alcalde repartía como confeti a todo el mundo.

Aún le quedaban unos cuantos libros por examinar. El conserje se los trajo esta vez sin retraso. Subió con él y los depositó sobre la mesa rasa que habían dispuesto al final del pasillo. Allí se pasó el resto del día leyendo, oliendo alcoholado con eucalipto y pasando folios con la punta ensalivada de los dedos. Eran manuscritos encuadernados que repetían las descripciones cuasi notariales de los maestros del aburrimiento. Los apellidos de los dueños y de los arrendatarios coincidían plenamente con los que ya había visto en el cementerio y no tenían mayor utilidad.

Ese segundo día solo arrojó una entrada de un tal Antonio Paduagani, a cuyo nombre se inscribió un solar en el lado sur del cementerio que, por sus dimensiones, podía acomodar fácilmente un panteón de cuatro o seis bocas. No obstante, descartó inicialmente esa entrada del libro por la falta de concordancia de los apellidos y porque la inscripción se había hecho tres años después del huracán San Lorenzo. Aun así, decidió anotar el tracto registral subsiguiente por la eventualidad de que Paduagani resultara ser un yerro de quien debió escribir Padovani y esto pudiera llevarle al verdadero titular del sepulcro.

Volvió al tercer día para poder examinar los dos libros del registro que le quedaban. No fue un día productivo; no apareció ni un solo Padovani. Por eso, cuando se agotaron los libros que la joven mujer le había conseguido, y era evidente que no se conservaban más de esos en el ayuntamiento, se despidió sonriéndole agradecido con la promesa de no regresar a importunarla más en su trabajo.

Ante la ausencia de un Padovani en el archivo municipal, tuvo que asirse al hilo fino del solar comprado por el tal Antonio Paduagani. En el tracto registral, como arrendatrio subsiguiente constaba el nombre de Arturo Fernández Rodríguez, quien tenía que ser el padre de su maestra de octavo grado —leonés, decía siempre ella—, y cuyo nombre Fernando recordaba por lo mucho que ella lo ponía de ejemplo de superación y orgullo. Ella repetía lo grandioso de que él hubiera hecho una pequeña fortuna en el mayoreo de comestibles, a pesar de ser analfabeto. Además, a Fernando le era difícil olvidar la estampa de don Arturo, aquel viejito de cabellera blanca y bigote francés, siempre sonriente, que se mecía incesantemente en un sillón de caoba y pajilla en el amplio balcón de la casa grande que daba para la calle Fernando de Pacheco y Matos, y que todos veían en las tardes, de regreso de la escuela. También recordó la noticia de su muerte quince años antes. Decidió, entonces, visitar a su maestra.

Si mal no recuerdo, se llamaba Pedro Padovani

CUANDO ESA MAÑANA TOCÓ A LA puerta de su casa, Miss Fernández se sorprendió de verlo. No había pasado mucho tiempo desde la última vez que coincidieron en una actividad escolar, pero sus años la marcaban. Tenía surcos en el rostro y una piel que ya no resistía como antes la fuerza de la gravedad. Sobre todo, tenía la mirada triste de la soledad. Nunca se había casado, ni siquiera se le había conocido un amigo que la invitara a las fiestas de carnaval, al cine los domingos en la tarde o al casino a bailar. Su vida había transcurrido en torno a sus sobrinos, los estudios, la escuela y, más tarde, a la universidad, de donde se jubiló. Ahora, ya retirada de los avatares académicos, su vida transcurría plácidamente entre los deshabitados espacios y aposentos de la casa grande del leonés analfabeto que triunfó vendiendo latones de manteca y sacos de arroz al por mayor durante la guerra.

La dificultad que confrontó con Miss Fernández fue la misma que tuvo ante la joven mujer que lo atendió en la alcaldía. ¿Cómo explicarle su interés por el viejo cementerio municipal y, sobre todo, por una tumba en particular? ¿Le creería que la historia de un cementerio y de sus monumentos era materia digna de estudio para un alumno de historia y no de arquitectura? Ella, precisamente ella, había suscitado en él el interés por la historiografía. Había sido ella quien, por vez primera, les habló de Heródoto, de Tucídides, Polibio y Flavio Josefo, y quien con ejemplos muy concretos les dio a entender la importancia de conocer sus raíces, los acontecimientos que los definieron como pueblo, las graves injusticias cometidas a través del tiempo en nombre de Dios y otras tantas cuestiones que le fueron abriendo los ojos a una nueva dimensión de la existencia humana. Por eso, le parecía casi infantil, de posible insignificancia académica para ella, hacerle preguntas tan nimias sobre la procedencia de la tumba de su padre. Aun así, su curiosidad por el tópico funerario ya comenzaba a obsesionarlo y eso pudo más que el temor a su reproche.

Fue en esas divagaciones que se le ocurrió una explicación distinta. Si Fidel Vélez había dirigido lo que vino a llamarse la Intentona de Yauco en 1897 —el último levantamiento armado contra la presencia española en la isla antes de la invasión norteamericana— tenía que haber un corso entre los sediciosos. ¿Y qué tal si había uno apellidado Padovani que hubiera sido el verdadero gestor de la resistencia heroica a quien la historia no le hubiera hecho completa justicia, un descendiente valeroso de aquellos memorables luchadores por una Córcega independiente? ¿Sería posible que ese apellido, encontrado por casualidad en una crónica militar de la época, diría él, correspondiera a algún difunto extraviado entre las cruces y las tumbas anónimas del viejo cementerio municipal? La realidad es que ella no tenía por qué saber que él andaba tras la pista de la sepultura de un corso perturbado por amor, que había querido desposar la osamenta de una muerta cuya existencia era, todavía, absolutamente incierta.

Al principio de su conversación, y ya superado el candor inicial de un coloquio más o menos familiar, Fernando se aventuró a mencionarle el tema. Y una vez él le expuso su prurito por identificar la tumba del protagonista de una historia por contar, ella se ofreció a ayudarlo.

Le aclaró primero que jamás oyó a su padre mencionar a algún Antonio Paduagani ni Paduovani ni Padovani y que nunca conoció en el pueblo a nadie con ese apellido. Después, le respondió que no podía explicarle por qué entre tantos corsos que habitaban el pueblo no hubiera uno con un primer o segundo apellido como el que él buscaba. Pero le aclaró que hubo otros corsos que desempeñaron un papel preponderante en la Intentona como, por ejemplo, don Antonio Mattei Lluberas, un próspero agricultor y comerciante, quien fue encarcelado por eso en tiempos de España y llegó a ser alcalde del pueblo durante los primeros años del régimen norteamericano en la isla.

—Pero en mis años de maestra nunca tuve un alumno apellidado Padovani ni Paduovani y no recuerdo haber conocido en este pueblo a persona alguna con ese apellido —le respondió casi con pena—. Y, como sabes, mi padre, que tal vez hubiera podido ayudarte en esto, ya falleció—. Entonces, hizo una pausa prolongada, extravió la mirada a través de la ventana abierta de par en par y, tras un suspiro que no pudo bien disimular, añadió sin mirarlo—: Eso sí, en mi primer año de bachillerato tuve un amigo en la universidad que, si mal no recuerdo, se llamaba Pedro Padovani Vivoni y era de San Germán. Él estudiaba en la Escuela de Derecho porque quería ser abogado... Lo recuerdo muy bien, porque siempre fue muy caballeroso conmigo y prolijo en sus atenciones. Le llegué a tener verdadero cariño.

Cuando recuperó su tono de voz, lo miró a los ojos y, con cierto dejo de nostalgia y, sin él preguntarle, le relató que dejó de verlo al finalizar el curso porque él se graduó y nunca más supo de él. Intentó algunas explicaciones para aquella súbita desaparición, que no dejaban de ser meras conjeturas del remezón abrupto de la memoria, y Fernando pudo adivinar que era un momento propicio para terminar la conversación. Así lo hizo y, tras agradecerle su ayuda, se despidió de ella, al mismo tiempo que aceptaba la invitación de regresar una tarde a la hora del café para retomar la conversación.

LOCALIZAR AL LICENCIADO PEDRO Padovani Vivoni no fue difícil. Uno de sus profesores —el de Historia— a quien le consultó sobre cómo localizar un abogado cuando solamente se conocía su nombre, lo dirigió al registro de abogados del Tribunal Supremo. Y, en efecto, allí pudo identificar a dos de apellido Padovani ejerciendo la profesión y, de ellos, solo uno llamado Pedro. Los datos básicos que le brindó Miss Fernández coincidían con los del empolvado expediente amarillo de la Corte: había nacido en San Germán, e hizo sus estudios de bachillerato y derecho en la misma universidad que ella. Ahora tenía un bufete abierto en Mayagüez, donde también residía.

Fernando decidió esperar a uno de los recesos de la universidad para ir en su búsqueda, así que viajó directamente desde San Juan en un carro de la Línea Sultana del Oeste. Cuando llegaron a Mayagüez descubrió que el chofer de la línea no había escuchado antes el nombre del abogado, pero, aun así, con la dirección que Fernando traía anotada, al chofer se le hizo fácil explicarle cómo llegar. Llegaron cerca de las once de la mañana a la Plaza Colón, luego de un atolondrado viaje de tres horas en que el vaho fétido de las axilas sin desodorante de otro pasajero les hiciera el viaje infeliz y eterno después que pasaron Barceloneta.

Siguiendo las instrucciones del chofer del carro público, se internó por una de las calles angostas de aquel barrio, marcadas a ambos lados por casas de madera de una y dos plantas. Algunas estaban pintadas —o más bien despintadas— de colores que alguna vez fueron vivos y brillantes y que ahora lucían mustios. Otras, en cambio, era difícil adivinar si alguna vez lo estuvieron porque solo exhibían tablas rasas de facha muy gastada por los elementos de un clima diariamente lluvioso en las tardes.

Caminó calle arriba por un rato, preguntando a cada paso por el número que traía anotado, pues confrontó el inconveniente de que las casas no estaban numeradas o, si lo estuvieron, habían sido desnumeradas probablemente por el transcurso descuidado del tiempo. Tuvo suerte de que, a esa hora, la calle estaba poblada por muchachitos descamisados jugando y por señoras de moños y rolos que conversaban asomadas a las ventanas y balcones en medio de los olores de cocina que se mezclaban en el centro de la calle. Por ese olor podía hasta imaginar el tocino para las habichuelas sofriéndose en su propia grasa en el sartén de las frituras, así como la súbita carrera de la señora del turbante multicolor hacia el caldero de arroz ahumado olvidado sobre la estufa. Eran los mismos olores de su casa a esta hora del día.

Dejándose llevar por la dirección que algunas señoras le fueron apuntando con los labios fruncidos, se vio frente a una casa común y corriente que parecía cualquier cosa menos el bufete de un abogado. Era la misma estructura de madera y dos plantas que se repetía esporádicamente desde que se internó en ese barrio estrujado por el tiempo. Tenía un balcón aéreo a lo largo de su frente en el piso superior, que sobresalía como visera hacia la calle. Adherido a las viejas tablas, un rótulo casi ilegible anunciaba el nombre completo del licenciado Padovani, bajo el cual aparecía la inscripción usual de «Abogado-Notario».

El piso inferior tenía en el centro, dando a la calle, una puerta de dos hojas abiertas de par en par, a la que se accedía por un par de escalones de hormigón que descansaban en medio de la acera, por demás angosta. A cada lado de la puerta, dos ventanas igualmente abiertas por las que solo podían observarse dos bombillas incandescentes en el techo. Se detuvo ante los escalones frente a la puerta, hasta que una voz chillona de pregonera le gritó desde el otro lado de la calle:

—¡Sube, mijo, sube, que si no está ahí, ya mismo baja! ¿No ves que él vive arriba?

Subió y estaba ahí, aunque dentro, en su despacho. De hecho, no estaba solo.

Sentado en una de las butacas de caoba y pajilla colocadas en el área de la recepción, había un hombre sesentón, adusto, con un sombrero de panamá sobre el regazo, camisa blanca almidonada de mangas largas sujetadas por ligas en los antebrazos, abotonada al cuello, y pantalón caqui, igualmente almidonado, de tachones planchados por el filo hasta el ruedo. Miraba fijamente hacia el frente, imperturbable, y no contestó su saludo de buenos días ni parpadeó.

A corta distancia, colocadas de forma perpendicular y muy juntas, había otras dos butacas de madera y pajilla, una ocupada por una mujer sesentona de ojos turnios y, la otra, por una cincuentona que se comportaba como si fuera su madre, sin serlo. La mayor, cubierta con ropa sencilla y sin maquillaje, hablaba sola. La menor, a sus cincuenta y pico, demostraba un interés vivo en acicalarse. Las cejas pintadas a lo María Félix, los ojos demarcados como los de las efigies faraónicas, dos buscanovios sobre su frente como las divas del cine mexicano y, un lunar falso en la mejilla como la Monroe. Tenía un traje ajustado que le hubiera servido para ir de baile al lupanar de Isabel la Negra y usaba una cadenita de oro en el tobillo izquierdo. Mascaba chicle con la perseverancia de un rumiante aborrecido y le hablaba constantemente a la otra, que nada contestaba porque estaba en sus propias alucinaciones.

Al fondo y a la derecha había un viejo escritorio de madera desocupado, sobre el que estaban colocadas media resma de papel de escritura notarial y unas cuantas hojas de papel carbón y, en el medio, una pesada máquina de escribir Remington negra. Justo al lado había un estante de libros repetidos en piel y un armario de cinco gavetas. En los setos no había cuadros, solo un calendario grande, cortesía de una farmacia de Dulces Labios, que mostraba en su mitad superior un paisaje ártico de cielo azul intenso en contraste con una cordillera de cúspides nevadas inconexas con el Caribe.

—¿Está el licenciado? —preguntó al vacío.

—Él siempre está; él no va a la corte —respondió de lo más amable la cincuentona que mascaba chicle, señalando a la puerta cerrada que quedaba al fondo y a la izquierda—. Está ahí dentro con un cliente.

De momento, Fernando no entendió eso de un abogado que no iba al tribunal, pues le pareció algo así como un cirujano que no va al quirófano o un cura que no da misa. Así que decidió esperar. Para no aburrirse, tomó un ejemplar del *Almanaque Bristol* que había sobre una mesita, junto a varios ejemplares viejos de *El Imparcial* y de *El Mundo*, y se puso a hojearlos. Eso lo mantuvo entretenido en lo que tuvo la oportunidad de decirle al licenciado Padovani que no estaba allí para pedirle consejo jurídico, sino para una entrevista de investigación histórica. Eso ocurrió cuando se abrió la puerta de su despacho y salió a la sala de espera acompañado de un cliente de cara triste, para despedirlo. Entonces, Fernando aprovechó para susurrarle el motivo de su visita, que tuvo que repetirle en voz alta, muy a su pesar, porque el jurista ya estaba casi sin oídos.

—Doña Reyes y don Santos, ¿me permiten unos minutos para atender a este joven universitario? Creo que lo que lo trae por aquí no nos tomará mucho tiempo —le suplicó el licenciado Padovani a la mujer rumiante y al hombre del sombrero de panamá sobre el regazo.

—Perdone, usted, licenciado, pero que espere igual que todos —se apresuró a contestar, sin levantar la cabeza ni la vista, la estatua del hombre almidonado que vio al llegar—. Tengo muchas cosas que hacer.

—Por mí no, licenciado, por mí, no. Tómese el tiempo que necesite, que yo no tengo a nadie esperándome en casa —replicó la cincuentona con sorna, al mismo tiempo que hacía una mueca conspicua dirigida al hombre de la camisa abotonada hasta el cuello y ligas en las mangas.

—Bueno, como usted prefiera, don Santos. Pase usted.

Por breves instantes fue, pero lo notó. Había alguna relación entre doña Reyes y don Santos, y la que fuese era de acrimonia y tirantez. Lo comprobó de inmediato. Ni siquiera tuvo que preguntarle. A ella le salió del pecho, a borbotones, sin ningún esfuerzo ni contención.

—¡Es un desgraciao! Aunque sea mi hermano, tengo que decirlo; de santo no tiene nada y lo que le espera no es el cielo, sino el infierno. —Cuando dijo esto ya no tenía los ojos de María Félix, sino los ojos demoníacos de Christopher Lee en las películas de vampiros. Y siguió con su discurso—: ¡Claro, ahí sentadito «don Santos» parecía un santo! «¡Pero si no parece que sea capaz de matar una mosca!», dirá usted, joven. ¡Pero sí, es capaz de eso y de mucho más! ¿O qué cree que hacemos aquí hoy?

—Pues, no sé —contestó tímidamente como si no hubiera sido una pregunta retórica.

—Nada más y nada menos que para firmar las escrituras de la casa y la finca de papá y mamá que él quiso quitarnos a mí y a Nelly. Nelly es mi hermana mayor, esta que está aquí al lado mío, que como usted puede ver, no sabe si va o si viene. —Entonces, le contó con lujo de detalles las diferencias con su hermano por razón de la herencia de sus padres—. ¿Habrase visto semejante canallada?

—No, claro que no —volvió Fernando a contestar mecánicamente, sin darse cuenta de que otra vez se trataba de una simple pregunta retórica.

La mujer hizo una pausa, respiró hondo y, sin mirar a Fernando, como esculcando en el fardo de recuerdos agrios prosiguió con sus recriminaciones. Ya no mascaba el chicle. A él le pareció que, de la emoción con que hablaba, se lo había tragado. La fuerza de su enojo no parecía disminuir.

—¿Usted se imagina el disgusto que le hubiera causado a mi madre saber que Santos decía que la finca y la casa eran únicamente de él?, ¿y que ella y Nelly vivían allí arrimadas?

Esta vez se dio cuenta a tiempo y se abstuvo de contestar.

—Pero el daño ya estaba hecho y mamá se lo olía. A los tres meses se murió. Tuve que venir a Puerto Rico a hacerme cargo de Nelly.

Doña Reyes dejó de hablar. Había recobrado el sosiego cuando se abrió la puerta y salieron don Santos y el licenciado Padovani caminando juntos. Fernando solo logró escuchar cuando don Santos le dijo al abogado que el jueves le traería el resto del dinero mientras se despedía con un apretón de manos. El hombre no esperó a salir de la oficina para ponerse el sombrero y cruzar con paso largo y apresurado la sala de espera sin mirar a nadie ni despedirse. Solo Nelly balbuceó ciertos sonidos disparatados mientras movía en el aire su mano como diciéndole adiós.

SU PRESENTACIÓN AL LICENCIADO PADOVANI sería menos embarazosa que las que ya había tenido que hacer a otras personas para encubrir el verdadero motivo de su aparente inquietud investigativa con lo de la Intentona. Enfatizar en lo de un estudiante de historia hurgando en las tumbas del cementerio municipal en busca de un prohombre corso perdido podría lucirle intelectualmente seductor al abogado, siendo, él mismo, corso.

En ese momento, el letrado se había sentado detrás del escritorio de la Remington, donde se supone que se sienten las secretarias de los abogados. Y Fernando frente a él, en una incómoda silla plegadiza de metal. Era evidente que el abogado quería aprovechar el tiempo mientras charlaba con él. Luego de una breve introducción sobre cómo el arreglo social de las estirpes en el pueblo se prolongaba hasta el cementerio, Fernando le preguntó si su apellido Padovani era de Yauco, como los demás apellidos corsos que para entonces conocía.

—Los corsos no vinieron a Yauco únicamente, joven. La inmigración corsa, que duró muchos años, se estableció principalmente en la zona suroeste de la isla, desde Arroyo hasta Aguada, pero usted puede encontrar una buena concentración de corsos entre Adjuntas y Mayagüez. No, no, mi familia es oriunda de San Germán.

Esta contestación le descarrilaba momentáneamente de la investigación. Y, hasta cierto punto, no debió sorprenderle, pues Miss Fernández nunca le dijo que el licenciado Padovani fuese de Yauco. Ese sería un detalle que, de ser cierto, ella se lo habría comentado. Prosiguió.

—Y, ¿no tiene o ha tenido algún familiar que hubiese vivido en Yauco? —preguntó como si lo más natural del mundo hubiera sido que lo tuviera.

—¿Quién dice usted que lo refirió a mí?

—Doña Virginia Fernández, una amiga suya de la universidad. Una persona muy querida en el pueblo, que, además, tiene muy gratos recuerdos de usted.

Le pareció verle hacer un fugaz gesto de incredulidad. Luego tomó un papel en blanco, lo colocó entre los rodillos de la maquinilla, lo cuadró juntando sus esquinas, llevó el papel hasta su borde superior haciéndolo desplazarse con el rodillo, accionó una manivela y comenzó a teclear, absorto, con sus dos dedos índices. Lucía la misma destreza que las gallinas que pican granos secos de maíz. Le dijo que no tenía secretaria, que la tuvo al principio, pero eso fue cuando acudía a postular sus casos a los tribunales, antes de pasar un mal rato con el juez del pueblo que lo obligó a dedicarse únicamente a la notaría.

Cuando terminó de escribir lo que fuera, retiró el papel de la máquina, lo dobló, lo metió dentro de un largo sobre blanco, pasó la lengua por el borde engomado de su pestaña y lo cerró presionándolo firmemente. Luego le escribió algo de su puño y letra con una pluma fuente dorada que sacó del interior de su chaqueta. Sopló la tinta y cuando supuso que esta había secado, abrió la gaveta central de su escritorio y lo depositó allí. Después que la cerró, volvió a preguntarle:

—¿Quién dice usted que lo envió?

—Mi maestra de escuela. —Él no contestó nada. Fernando insistió—: No sé si la recuerda, pero ella a usted sí. Le aclaro que no fue ella quien me facilitó su dirección. De hecho, ni siquiera sabe si usted vive o no.

Fernando sospechó de inmediato que, con la pregunta que le hizo por segunda vez, el abogado pretendía desorientarlo en cuanto a la naturaleza de los sentimientos que, de estudiante, pudieran haberlo ligado a ella. Y es que es muy difícil suprimir esos chispetazos que producen en el corazón los recuerdos de los amores juveniles. No hizo caso a sus propias conjeturas y siguió la conversación asido a los bordes sin pulir de su simulado proyecto de investigación histórica, que le fue contando los detalles que se le ocurrían según le describía su proyecto. Después, le dio los pormenores de cómo localizó su nombre y dirección y hasta se excusó por el atrevimiento.

—Pierda cuidado, joven, tanto mi nombre como mi dirección aparecen en la guía telefónica. Los abogados vivimos de eso, de que la gente nos encuentre siempre, cuando más nos necesiten, y del modo más expedito posible. Además, para mí es enteramente prístino que usted es un investigador *bona fide* y que su propósito es laudable.

Entre el latinismo y las palabras domingueras que soltó de corrido, se asomaba el letrado que cobraba honorarios sin regateo. Lo del «propósito laudable» le pareció a Fernando que describía su interés —el de Fernando— por insertar a un corso de modo prominente en la Intentona de Yauco, algo que le había dado resultado en una ocasión anterior.

—Nunca se lo dije a ella, nunca. La realidad es que viví en Yauco, de jovencito, pero por poco tiempo.

Entonces le relató los datos más relevantes. Su padre había ido de San Germán a Yauco a trabajar como tenedor de libros de contabilidad en dos de los principales ingenios azucareros: las haciendas María y San Rafael, ambas en el barrio Barinas, poco antes de que se estableciera la central San Francisco en ese mismo barrio. Se trasladó con sus cinco hijos: tres varones y dos hembras, pero sin esposa. Esta había muerto de tisis dos años antes. La mayor de las hijas, apenas en su tardía adolescencia, había asumido el papel de madre con respecto a sus hermanos.

La conversación, para no decir el soliloquio, se convirtió en un cuento largo de cómo era la vida de entonces, según sus propios recuerdos de infancia. En una época de muchas privaciones económicas, añadió, el sueldo que devengaba su padre daba y sobraba para vivir decentemente y pagarles a sus hijos varones una buena educación.

—Mi hermano Toñito —le dijo—, era el gran idealista. Escribía poemas para una novia que creíamos que era imaginaria, una novia a quien le debía fidelidad sin límite, según él. Por eso nunca se casó, ni se le conoció una novia de carne y hueso, una novia a quien visitar, hasta que un día sucedió algo inesperado.

En eso, doña Reyes, la señora que ya no mascaba chicle y había permanecido sentada en espera de su turno, adivinando que la cosa iba para largo, quiso llamar la atención carraspeando. El licenciado Padovani la miró por encima de los espejuelos, sin inmutarse, y prosiguió.

—Pero no es necesario que le haga el relato de mi hermano Toñito. Usted solo está interesado en la Intentona de Yauco, y esto nada tiene que ver con ella. En lo que a su interés investigativo se refiere, lo más que puedo decirle es que no, que no vivíamos en Yauco para la época de la Intentona. Lo demás son historias de la familia que no conviene recordar.

Y sin esperar por la respuesta de Fernando, se incorporó del asiento y le estrechó la mano, en señal de despedida. A Fernando no le dio tiempo de mentirle, de decirle que lo único que realmente le interesaba conocer de todo cuanto le había dicho era probablemente lo del suceso inesperado con su hermano. Intuía que la historia de su hermano era la que lo dirigiría por el camino apropiado para el descubrimiento de algún dato importante. ¿Qué relación habría entre Toñito y el «*amante a quien por suerte impía su dulce bien le arrebató la parca*»?

Mientras estrechaba su mano, a Fernando se le ocurrió preguntarle:

—¿Y aún conserva sus poemas? Los de su hermano, quiero decir.

No le soltó la mano. Por el contrario, se la cubrió con la otra y, sonriendo por primera vez, le dijo directamente a los ojos:

—Me luce como que le han tocado la clavija de su interés, ¿o me equivoco?

La pregunta no era retórica; era una interrogación que demandaba respuesta y tenía que contestarla. No estaba seguro de lo que su pregunta insinuaba, menos de si existía alguna contestación correcta.

—La poesía es como el amor, no tiene época ni tiene tiempo —le respondió Fernando como quien hace la gran afirmación—. Por eso leo lo mismo a Baudelaire y Bécquer que a De Diego, Muñoz Rivera y Palés Matos. Me seduce la poesía.

Y volvió a mentir porque realmente ni leía ni le gustaba tanto la poesía. Y de algo sirvió porque el abogado le dijo:

—Si de verdad le gusta mucho la poesía, joven, quizá les encuentre algún valor a los cuadernos amarillentos de mi hermano. Para eso tendría que volver otro día, digo, si es que está verdaderamente interesado. Es que debo rebuscar unos cuantos baúles.

Quedó en regresar el lunes siguiente en la tarde. Había recobrado la esperanza de que en el fardo de papeles viejos hallaría alguna pista importante. Por eso tomó como de buen augurio que, cuando comenzó a caminar calle abajo, al pasar frente al cafetín de la esquina, alguien hubiera hecho sonar en una vellonera «Boda negra».

De esas publicaciones de principios de siglo, aquí no hay nada

APROVECHÓ ESA SEMANA PARA HACER otras averiguaciones. Un viejo ejemplar de *El periodismo en Puerto Rico*, de Pedreira, le había hecho descubrir que para el tiempo en que el amante *«se quedó dormido al esqueleto rígido abrazado»*, se llegaron a publicar en el pueblo varios folletines, revistas, semanarios y periódicos de diversa índole. Entre todos estos —*Albores, La Alianza, Alma Criolla, Brisas del Caribe, El Combate*, y *La Reforma*— era posible que pudiera encontrar alguna referencia al evento inusitado que evocaba la letra del poema del bardo funerario.

La biblioteca pública del pueblo no conservaba periódicos viejos. Según le explicó la bibliotecaria —una mujer demasiado alta para no ser atleta y muy áspera en el trato para ser la encargada—, solamente se recibían los periódicos de circulación general en toda la Isla y, una vez se volvían obsoletos —que era al día siguiente de publicarse—, ella recortaba las noticias y artículos que le parecían de mayor utilidad para los estudiantes y demás usuarios comunes, y los pegaba en papeles de maquinilla en blanco que colocaba dentro de cartapacios que clasificaba por temas. Lo que sobraba de los periódicos terminaba en el zafacón. Ni siquiera conservaba ejemplares de *Reportaje*, un pequeño semanario de ocho a dieciséis folios que publicaba el dueño de la funeraria del pueblo, quien también poseía una de las dos imprentas que existían, y en el que se hablaba de política, eventos sociales y noticias locales desgraciadas.

—De esas publicaciones de principios de siglo que usted anda buscando, aquí no hay nada. Si usted es estudiante universitario de historia —lo recriminó sin misericordia—, debería saber que la *Iupi* tiene una hemeroteca que conserva todos los periódicos más importantes que se han publicado en el país.

No tuvo otro remedio que volver a la hemeroteca tras otro viaje de tres horas y media atravesando la Cordillera Central, e insertado en un tráfico que se tornó lento y pesado al llegar a La Piquiña. El asunto que investigaba ya le estaba consumiendo más tiempo del que tenía previsto y más gastos de los que la beca de Rehabilitación Vocacional le permitía incurrir. No era mucho lo que le daban, aunque sí lo suficiente para pagar lo básico. Se ganó la beca por un defecto físico que, de algún modo, el gobierno quiso compensarle. Había nacido corino y antes de cumplir los seis meses tuvieron que enderezarle el pie torcido, primero con escayola y, luego, con zapatos que usaba puestos al revés. El único indicio que le quedó después del tratamiento fue que la pierna «arreglada» siempre lució más delgada que la otra. Era evidente que en el manual de incapacidades del Gobierno el haber nacido con un pie virado y vivir así los primeros seis meses de su vida ameritaba que le pagaran una carrera universitaria que él aceptó con júbilo.

La beca no fue la única ventaja de su tara física. En una época en que negarse a ingresar en el ejército norteamericano implicaba la cárcel y el desprecio social por ser «castrista», «subversivo» y «comunista», él había sido rechazado por discapacidad. Parecería que los militares necesitaban hombres que pudieran correr en las selvas y los arrozales de Vietnam, una guerra que cada día que pasaba requería más materia prima para ser blanco de las defensas del Vietcong. Según el ejército, por no ser simétricas sus piernas, él no podría hacerlo; sería un soldado inútil. De hecho, fue entonces que descubrió que su pierna afectada medía un centímetro menos que la otra y fue también por lo que alguien lo había referido a Rehabilitación Vocacional para que solicitara la beca.

Al llegar a la hemeroteca, Fernando sufrió la segunda decepción: no todas las publicaciones que mencionaba Pedreira en su historia del periodismo se habían logrado conservar en la colección. De hecho, Pedreira había advertido de la dificultad que él mismo había confrontado en la preparación de su obra ante la escasez de las fuentes originales, y daba cuenta de cómo colecciones privadas importantes fueron víctimas de ciclones y epidemias. La de don Manuel García Gaona, de Humacao, por ejemplo, fue destruida por orden de la Sanidad cuando azotó la peste bubónica. Sea por la razón que fuera, Fernando no consiguió ni uno solo de los ejemplares que andaba buscando.

El rey Pedro I de Portugal se casa con su amante muerta

CUATRO MESES DESPUÉS, DURANTE el receso de Navidad, volvió donde el licenciado Padovani. Luego de explicarle que ese retraso en volver no obedecía a desinterés, sino al calendario de sus estudios, el licenciado Padovani le alargó el atado de papel de estraza ajado y manchado por el tiempo, que en su visita anterior le había prometido en atención a su alegada afición a la poesía. Era un envoltorio áspero que sufría el efecto de esa oxidación rara que adquiere el papel en la oquedad de los roperos y baúles que nunca se airean.

Tan pronto comenzó a desanudar la cinta que alguna vez habría sido satinada, la mera cercanía del paquete entre sus manos lo hizo estornudar. Recordó otra vez el remedio de Rafaela y le pidió una botella de alcoholado para impregnar su pañuelo y cubrirse la nariz mientras manejaba los documentos. Al licenciado Padovani le debió haber parecido extraña aquella solicitud; aun así, accedió sin contrariarlo y sin hacerle preguntas. Cuando lo hubo saturado de alcoholado, colocó el pañuelo sobre su nariz, ató sus puntas detrás del cuello y aspiró su esencia muy despacio para que no le quemara el tracto respiratorio ni los pulmones. Logró así contener otro episodio más de estornudos y rinitis.

Esparció entonces los papeles que salieron del paquete sobre la mesita que le señaló el abogado en un habitáculo lleno de expedientes contiguo a su despacho y comenzó a examinarlos como lo haría un perito calígrafo en preparación de su testimonio para un juicio. Entre las páginas amarillas que parecían contener manuscritos de prosa y de poesía, lo que primero le llamó la atención fue una hoja impresa, rasgada por su margen izquierdo, dentro de un sobre de papel de hilo crema, resguardado por una fundita de damasco. La extrajo con mucho cuidado, deshizo sus cuatro dobleces y la examinó con curiosidad. Pudo haber sido la hoja de un libro o de una enciclopedia, con texto por ambos lados, y dos fotografías en blanco y negro intercaladas y con calce. Presidía la hoja su título: «Inés de Castro, reina después de muerta». Las letras del texto eran grandes y redondas, y permitían que la vista se deslizara sin dificultad sobre aquella superficie martirizada por los años de cautiverio en algún cajón de la casa. Se sumió en una lectura gentil, casi fervorosa, que le provocó gestos de incredulidad o sorpresa.

Según el relato, Inés de Castro vivió en el siglo catorce y era gallega. Acompañó como dama de la comitiva nupcial a su señora, la princesa doña Constanza Manuel, quien viajó hasta Portugal para casarse con don Pedro, el príncipe heredero de la corona lusitana. A pesar de la corta edad de doña Inés —apenas trece años— don Pedro quedó prendado de ella. No obstante, el matrimonio de don Pedro y doña Constanza se celebró, pero tomando don Pedro por amante a doña Inés. El rey Alfonso IV, quien se oponía a la relación de su hijo con doña Inés, la desterró de Portugal. A la muerte de doña Constanza

—esta murió de parto—, don Pedro rescató a doña Inés del exilio y la trajo a vivir a Portugal, aunque lejos de la corte.

(Volteó la página).

El rey ordenó, entonces, la ejecución de doña Inés, cosa que los tres verdugos hicieron, aprovechando una ausencia provisional de don Pedro de su casa.

Fernando suspiró ahora resentido, debía admitir, ante un ejercicio tan despiadado de la autoridad. De hecho, no era la primera vez que experimentaba un repudio tan marcado por sucesos históricos, en particular, de los de época reciente en la historia de la isla. Sin embargo, no se detuvo en esta digresión. Respiró hondo nuevamente, y continuó la lectura.

El asesinato de doña Inés suscitó una guerra entre el rey y su hijo, la cual culminó con una tregua años después. Luego, al morir Alfonso IV, heredó la corona su hijo, Pedro I de Portugal, quien ajustició a dos de los tres verdugos de doña Inés (el tercero logró escapar). Además, le construyó a ella un túmulo funerario en el monasterio de Santa María de Alcobaza, a donde hizo trasladar sus restos. Sin embargo, antes de depositarlos allí, el nuevo rey declaró que él se había casado con doña Inés antes de ella morir, lo cual la convertía en reina de Portugal. Por tal razón, y luego de desenterrarla, dispuso que vistieran sus restos con los ornamentos propios de una reina, sentó el cadáver en el trono, e hizo que los nobles le besaran la mano en señal de fidelidad y vasallaje.

Fernando volvió a respirar profundamente, levantó la vista hacia un punto indefinido de la pared que le quedaba enfrente, y trató de entender en su fuero interno la diversidad de pasiones y sentimientos que debieron hurgar la existencia de aquellos personajes. Era difícil reproducir o siquiera conocer, seis siglos después, cómo podían manejarse aquellas intrigas por el poder mismo, recurriendo a la desaparición física, ya fuera mediante destierro o ya por asesinato. No le era comprensible una enemistad a muerte entre un padre y un hijo, aun cuando sabía lo difícil que podía resultar a veces esa relación. No le era concebible que más allá de los arranques de ira o de frustración que pudieran surgir entre uno y otro, no les fuera posible contener el deseo de mandar a asesinar a alguien para aplacar su mala sangre.

Miró entonces las fotografías que acompañaban el texto del artículo. La primera era un grabado de medio cuerpo de una joven que no representaba más de veinte años: facciones aniñadas, una cabellera abultada, muy bien peinada, distribuida casi simétricamente a ambos lados de la cabeza, aunque con una partidura hacia la frente ligeramente desviada hacia su izquierda. Su rostro: ni adusto ni sonriente, más bien descansado, y su cuello largo brotaba de lo que a primera vista impresionaba como la parte superior de una campana. Una campana ornamentada con encajes y bordados a canutillo y un camafeo con una cruz maltesa colocada en el lugar en el que en tiempos modernos correspondería al escote. Aparte de una mirada despreocupada y unos labios presentables, no había en su rostro ningún indicio de poseer aquella seducción fatal atribuida por la historia de la Lusitania sobre un rey que se negó a perderla.

La segunda fotografía mostraba el túmulo mortuorio, de estilo gótico, muy elaborado y hermoso. El calce aseguraba que fue mandado a construir por el rey Pedro I para su esposa y que en este fueron depositados los restos de ella, después del homenaje póstumo y la ceremonia de besamanos a favor del cadáver reinante de doña Inés de Castro.

Fernando escurrió la mirada hacia todas las partes de la hoja, preguntándose si realmente era posible que un hombre perdiera la cabeza por una mujer, al punto de que siguiera enamorado de su cadáver. Se trataba de una historia que el autor se atrevió a tildar como «una gran historia de amor» cuando simplemente debió llamarla «una historia sórdida de necrofilia». En el cancionero popular una cosa era prometer amor eterno más allá de la muerte —«y, si los muertos aman, después de muertos amarnos más»—, pero no en la vida real, en la que esto podría tomarse como un asomo de locura verdadera, locura que los médicos tratan con camisas de fuerza y pastillas de varios tamaños y colores.

Al fin y al cabo, era lo que Fernando interesaba investigar con la historia detrás de «Boda negra». Un acontecimiento como el de doña Inés lo desconcertaba más que la letra de la canción, pues el de hace seis siglos se refería a un evento público, notorio y relacionado con la máxima figura de autoridad del reino de Portugal, que aparentemente había sido acreditado y perpetuado por algún historiador creíble. En cambio, el hecho que desde su temprana adolescencia le había interesado a Fernando estaba asentado nada más que en un vago recuerdo de su padre, indicaciones poco firmes del hijo del sepulturero del pueblo, anotaciones parroquiales y municipales incompletas que ni siquiera coincidían, el recuerdo lejano de un cura holandés casi desmemoriado, y el reclamo de un abogado que expresaba no saber nada del asunto, pero que prometía poner a su disposición un atado de papeles viejos que alguna vez pertenecieron a su hermano.

Dobló nuevamente el papel y lo colocó junto al resto de documentos extraídos del primer atado que le prestó el licenciado Padovani. Aun cuando estaba un poco consternado por el relato, no quiso desperdiciar la oportunidad para echarle un vistazo a los demás papeles que pudieran darle alguna pista. Se trataba más bien de anotaciones sueltas, versos incompletos, algunas estrofas y cartas comenzadas y abandonadas a la mitad. La versificación de los poemas inconclusos parecía no tener método, excepto por la de un soneto que juzgaba ser copiado de algún libro de poesía. Todos los versos y estrofas tenían en común el tema del amor imposible, inalcanzable, atribulado por las circunstancias adversas que impedían su consumación. Mas no había nada en ellos que sugiriera alguna vinculación a la historia de doña Inés y Pedro I de Portugal.

Notó que el alcoholado se había evaporado del pañuelo cuando comenzó a sentir nuevamente la picazón en la nariz. Se levantó de la silla y se alejó un poco de su mesa de trabajo. Fue hasta la puerta que daba a la calle y vio a los niños de siempre ocupados en su algarabía. Se recostó en el marco de la puerta a mirar la gente pasar, mientras desataba el pañuelo de la nariz y aspiraba un mejor aire. Estornudó dos veces y se sopló la nariz con la esquina no utilizada del pañuelo. Al cabo de unos minutos, regresó a su lugar de trabajo. Antes volvió a impregnar el pañuelo con aquel líquido de olor penetrante en la parte que no había mojado con sus mocos. Cuando estuvo saturado, lo anudó como antes y volvió a los papeles.

Curiosamente, ninguna de las hojas sueltas que formaban aquel envoltorio de tiempos ya idos indicaba una fecha. Las anotaciones habían sido escritas con cierta vocación intemporal, con la indiferencia misma de los calendarios que año tras año se descartan para nunca utilizarlos más. Sin señales específicas que arrojaran algún indicio de cuándo fueron hechas, sería difícil datar las anotaciones. Se confrontaba con la posibilidad de no hallar en los documentos la realidad paralela que suponía, esa existencia de hilada precariedad estrellada contra sus propias suposiciones. Los versos vivían en el más escrupuloso presente, contenidos en la fuerza de los trazos de caligrafía ancestral.

Lo mismo pasaba con el segundo atado de papeles que el licenciado Padovani le entregó ese día. No era muy diferente del anterior, pero no contenía escritos en prosa; solo versos. Algunos aludían al amor —así, en su sentido genérico, indistinto—, sin más señas de identidad que metáforas cursis y estereotipadas que sobrepoblaban las estrofas; otros a la soledad, o al abandono, o a la ausencia. Ninguno a la muerte. Fernando veía languidecer las fuerzas de su entusiasmo y se preguntaba si no habría sido más bien un acto de desesperanza lo que lo sedujo a esta aventura. Aunque el licenciado Padovani había asegurado que se trataba de poemas de su hermano para una novia imaginaria, ninguna de las poesías o de los versos sueltos revelaba su identidad. Si la tenía, estaría agazapada en todo caso en los dobleces de los papeles amarillentos, no en los símiles y metáforas de los versos. De hecho, en ninguno de los textos podía entreverse que los poemas estuvieran dirigidos a alguna mujer en particular. A lo mejor, todo era resultado de una musa que se divertía esquivando el desorden alfabético de los verbos incoloros y los adjetivos melosos de los versos, y, si era así, lo había logrado. Fernando, que no era más apasionado a la poesía que un ateo a la teología, había llegado al fin de la jornada de esa tarde. Se planteó, entonces, si sería necesario que volviera otro día por los otros cuatro atados que, según el licenciado Padovani, le faltarían por examinar. De seguro sería más de lo mismo: la misma vacuidad, la misma sosera, la misma insignificancia. Aun así, las palabras de la vez anterior pronunciadas por el licenciado Padovani, y que le habían encendido el pabilo de la curiosidad —«hasta que un día sucedió algo inesperado»—, resonaban en los límites extraordinarios de su cerebro y le renovaron el aliento. Lo que sí resultaba evidente es que debía suscitar en el licenciado Padovani el

interés por compartir con él la enjundia del acontecimiento, cualquiera que hubiera sido su naturaleza.

Para ser un hombre tan ocupado, el licenciado
Padovani carecía del presuroso ritmo asociado a la faena
de los abogados. Su actividad se desarrollaba más bien
despacio, sin la urgencia que suponía la preparación de
los contratos, las donaciones *inter vivos* o *mortis causa*,
en fin, las escrituras públicas que tantas veces cambiaban
para siempre la vida de los seres humanos. Quizás por
eso no le fue difícil hacer un alto e invitarlo a almorzar a
la segunda planta, a su residencia.

—Margarita no es la mejor cocinera del mundo, pero
el fricasé de pollo le queda muy sabroso.

No encontró la frase precisa con la cual responder a
esa afirmación que oscilaba entre la alabanza y la degradación de las destrezas culinarias de su mujer, aunque
reconocía que, en el fondo, era el modo que él tenía de
ensalzar su sazón. Por eso se limitó a decir:

—Me encanta el fricasé de pollo.

La iluminación del mediodía había escapado momentáneamente del espacio interior que ocupaba la escalera que ascendía al segundo piso. Bajo el peso de los
hombres, los peldaños rechinaban sin entusiasmo y las
paredes mostraban pequeños óleos de paisajes oscuros
enmarcados sin gusto alguno. Al llegar al rellano, el licenciado Padovani empujó la puerta al mismo tiempo que
avisaba:

—Margarita, tenemos visita.

La puerta abrió hacia una sala amplia e iluminada, ocupada por unos muebles victorianos y una percha de pie vacía. De momento no pudo fijarse en más porque de la puerta del fondo apareció una mujer que hacía esfuerzos por sonreír mientras se secaba las manos en su delantal.

—Es Fernando, el joven de quien te había hablado. Lo he invitado a almorzar con nosotros.

—Debiste haberme avisado antes —respondió la mujer con un gesto sin rencor, que de ningún modo se asemejaba a una sonrisa—. Solo tengo de mestura guineítos niños en almíbar.

—No importa, mujer. Fernando es ya persona de confianza.

No supo qué hacer ni decir, pero el coloquio entre ellos le hizo sentir incómodo.

El licenciado Padovani se desprendió de su chaqueta, la colgó en la percha y se aflojó el nudo de la corbata. Luego, con un movimiento ligero de su mano le señaló a Fernando una butaca donde sentarse y él mismo ocupó luego un balancín. La mujer se acercó y les preguntó qué deseaban tomar:

—A mí, ya tú sabes. —Y dirigiéndose a Fernando, le dio a escoger—: Tenemos cerveza, vino tinto y blanco, refresco de uva y jugo de china.

—Agua es suficiente.

La mujer se retiró por la puerta del fondo. Fernando aprovechó los instantes de silencio para fijarse en la decoración de aquella sala en la que predominaban las fotografías de familia en blanco y negro en marcos ovalados. Todas mostraban rostros austeros, cenicientos, de miradas extraviadas hacia el horizonte de los bordes del retrato, ropas obsoletas y peinados pasados de moda. En la unión de dos de las paredes había un reloj de péndulo, cansado y sin brillo, que parecía haber sobrevivido al socaire de los malos tiempos y que justo acababa de anunciar el cuarto de hora. Un espejo de azogue manchado devolvía una imagen algo distorsionada de sus alrededores y parecía inmovilizado por un marco de madera de ausubo con hojas de parra talladas.

La mujer no tardó en aparecer con dos vasos sudando agua fría, aunque uno de ellos era de cerveza. Le dio las gracias y la mujer, esta vez más relajada que antes, accedió a sonreir y se retiró a colocar la mesa. El licenciado Padovani se tomó el primer sorbo, dejó escapar un «¡aaah!» de satisfacción, y le preguntó:

—¿Cómo le ha ido con la poesía de mi hermano?

—Hasta donde he podido leer, que no es mucho, me ha parecido fascinante.

Rebuscó inmediatamente en sus neuronas el arsenal de adjetivos que había reservado para esta ocasión. Ni por un instante permitiría que el licenciado Padovani adivinara, de una simple conversación, que la búsqueda y lectura de la obra literaria del hermano poeta lo había frustrado. Por el contrario, si deseaba examinar los restantes documentos, debía mantener el ánimo dispuesto a encomiar su poesía. De lo contrario, se arriesgaba a dejar de conocer algún asunto importante que pudiera surgir de ellos. Debía cuidarse para no poner al descubierto su verdadera opinión: que en los envoltorios de papeles viejos solo había versos insípidos, inconexos, de temperamento azucarado y estereotipado, que solo invitaban a su devolución a la oquedad de los armarios para no tener que quemarlos.

Luego de un uso cuidadoso de los adjetivos de «exquisitos», «extraordinarios», «sensuales», «sentidos», «vibrantes», «emotivos», tuvo que desviar la atención del licenciado Padovani hacia el tema que verdaderamente le interesaba: el de las circunstancias personales del poeta.

—¿Los ha leído todos alguna vez, licenciado?

—Hace años, a raíz de haberlos descubierto a la muerte de mi padre. Estaban en un pequeño baúl que él mantenía bajo su cama, entre papeles inútiles que estuve a punto de quemar. Entonces recordé que se trataba del único recuerdo que quedó de mi hermano muerto y que mi padre mencionaba en ocasiones. La verdad es —dijo pensativo, mientras sorbía de su vaso de cerveza— que lo único que mantiene vivo su recuerdo en esta familia son esos versos.

Viendo a través de una rendija perfecta, Fernando trajo algo a relucir:

—Aparte de los versos, hay entre esos documentos algo interesante: una página de un libro.

—¿De un libro de poesía?

—No, no. Esa es precisamente la cuestión, es prosa. Se trata de la historia de Pedro I, rey de Portugal, y su esposa, la reina Inés de Castro. ¿Nunca se topó con ese recorte?

—Pues, no, no que yo recuerde. —Luego de una breve pausa, el licenciado Padovani preguntó—: ¿Y qué le llamó tanto la atención?

—Que se trata realmente de una historia de necrofilia, no de amor. No sé qué le hizo a su hermano guardar esa página, digo, si es que fue él quien la colocó allí.

—Si no fue él, fue mi padre. Pero dígame en términos generales de qué trata, si es que usted la leyó.

Entonces, procedió a relatarle, con tantos detalles como pudo, la increíble historia de doña Inés de Castro y Pedro I. El licenciado Padovani lo escuchaba con atención, sin interrumpirlo y sin apartar la mirada del punto indefinido que había atrapado a través de la puerta abierta del balcón. Ni siquiera escuchaba los sonidos finales de los cubiertos que la mujer acababa de colocar junto al despliegue de platos de porcelana sobre la mesa.

La mujer esperó a que finalizara el relato para exclamar desde donde estaba:

—¡Ese rey era un loco cualquiera! ¿Quién quiere a un loco como gobernante?

Ninguno de los dos respondió. A una señal del licenciado Padovani ambos se incorporaron y se dirigieron a la mesa sin que la mujer les hubiese avisado.

—El lavamanos está a la derecha. Empuje la segunda puerta. —Y volviéndose a la mujer, luego de que Fernando hubiera entrado al lavabo, este le escuchó comentar—: ¿Ves que no soy el único a quien las cosas de mi hermano le llaman la atención?

DESPUÉS DEL ALMUERZO, UN PEDAZO de cielo se desgajó de repente y se precipitó con estruendo de tormenta sobre los techos de cinc de las casas y la calle. El licenciado Padovani y él se asomaron al balcón y se encontraron con una tarde grisácea, mojada y triste. Las nubes gris marengo parecían tan bajitas que pudieran tocarse de solo estirar la mano. Pensó que era el momento adecuado para indagar un poco más sobre el suceso inesperado de su hermano.

—¿Cómo me dijo usted que se llamaba su hermano, el poeta?

—Siempre le dijimos Toñito. Se llamaba Juan Antonio.

—Y el apellido familiar ¿realmente es Padovani o Paduovani?

—Padovani. No conozco a nadie en mi familia que se haya cambiado el apellido a Paduovani. ¿Por qué pregunta?

—Porque, aun cuando no le había mencionado nada antes, hay una defunción registrada en los libros parroquiales a nombre de un tal... déjeme ver... —Metiendo la mano en el bolsillo de su camisa, extrajo un pequeño papel que desdobló y leyó enseguida—: Un tal «Juan Antonio Cornelio Paduovani Vivoni, hijo de don Pedro Paduovani de la Serna y doña María de las Mercedes

110

Vivoni Antongiorgi, soltero, fallecido a la edad de veinte años».

El licenciado Padovani desvió la mirada calle abajo, hacia donde algunos transeúntes se guarecían de la lluvia bajo los balcones sobresalientes y en cuyos alrededores la mirada rebotaba sobre las superficies lisas y mojadas que solo devolvían reflejos inconsecuentes. Se sintió intrigado por el porqué de tanta curiosidad de Fernando con respecto al apellido de su familia o a su familia misma. Sin embargo, decidió no confrontarlo de momento; no, a menos que le pareciera necesario. No percibía que el joven universitario poseyera un interés espurio del que tuviera que ponerse especialmente en guardia. Pero raro sí que era.

—Son los nombres de mi hermano y mis padres —señaló el abogado—, pero desconozco a qué se debe el cambio de Padovani a Paduovani.

—Quizás se trata de una simple equivocación al escribirlo; de quien hizo el asiento.

—Es lo más probable porque nunca escuché a mi padre decir que Toñito se hubiera cambiado el apellido.

—¿Y cuál fue el suceso inesperado relacionado con el poeta?

El licenciado Padovani sonrió y lo miró fijamente antes de contestar:

—Eso será mejor que lo lea usted mismo. Mi padre lo dejó escrito y conservó recortes de la época. No están incluidos en los documentos que ya usted vio. Tan solo le puedo adelantar que el día que mi padre anunció que regresaban a vivir a San Germán, mi hermano Toñito perdió la razón y desapareció. —Hizo una breve pausa, vio el rostro de impaciencia que Fernando tenía y añadió—: Le propongo que no se impaciente. Si usted interesa conocer esa parte de la historia del poeta, pues le buscaré el documento y se lo incluiré con el resto de los documentos que le faltan por examinar. Eso, si es que aún sigue interesado en verlos.

—Por supuesto que sí.

—Ahora debo bajar al despacho, a ver si la lluvia les ha permitido llegar a las personas que tengo citadas para el otorgamiento de un contrato de donación *propter nuptias.*

No entendió el latinismo, pero no quiso pasar por ignorante y decidió no preguntar. Le agradeció la hospitalidad de él y su mujer, y se despidió. Antes tuvo frases elogiosas sobre la comida servida y el buen trato recibido de sus anfitriones. Aprovechó que ya había escampado y se marchó llevando a cuestas el peso de la decepción por no haber podido satisfacer plenamente su curiosidad.

¿Qué habrá querido decir con eso de «Se lo entregué a ella»?

EL DOMINGO ESTUVO DESPEJADO Y FRESCO. A unos días de la Navidad, se notaban tanto el cambio de la temperatura como el efecto de la oblicuidad de los rayos del sol sobre los colores de la vegetación que había revivido después de las últimas lluvias de noviembre. De camino hacia el asilo de las Hijas de la Caridad se iba preguntando cómo estaría Diana. Y, por supuesto, cómo estaría el padre Cirilo. Le diría que el abuelo Valeriano no lo acompañaba porque tenía un catarro que no quería contagiarle a nadie. Al hacer sonar la campana, no apareció a la puerta sor Diana, sino sor Inés, la guarda que lo había acompañado la primera vez. Recordó la explicación de por qué no estaba allí cuando volvió la vez anterior y se animó a preguntarle:

—Hermana, ¿cómo le fue la peregrinación a la Rue du Bac?

—Fue un hermoso regalo de la Santísima Virgen de la Medalla Milagrosa —le explicó con un brillo único en sus ojos—. Es una sensación indescriptible, una experiencia mística inolvidable. ¿Usted se imagina lo que es estar en el mismo lugar en que se le apareció la madre de Dios a santa Catalina Labouré? Y, sobre todo, ver la confirmación de la aparición con ese milagro que es el cuerpo incorrupto de la santa, más de cien años después de muerta. ¡En una urna de cristal a la vista de todos!

En vez de optar por darle más cuerda, prefirió seguirla en silencio hasta la terraza de la segunda planta donde se encontraba el padre Cirilo meciéndose pensativo en el sillón de caoba.

—No es un buen momento, Fernando. Hace un mes que camina con dificultad, y no habla. Ni siquiera holandés. Para mí es mala señal porque antes, aunque no entendiéramos lo que decía en holandés, al menos sabíamos que él estaba presente en su viejo mundo de fantasía. Ahora, ni eso.

Se acercaron por su espalda. Sor Inés le tocó suavemente el hombro; el padre Cirilo no se movió. Dieron unos pasos adicionales hasta colocarse de pie frente a él, interponiéndose entre sus ojos vacíos y el horizonte lejano del mar Caribe. Fernando se acuclilló frente a él. Fue entonces que el cura ausente bajó la vista y se fijó en él. Entonces, el viejo cura dejó escapar unos sonidos guturales.

Fernando volvió el rostro y alzó la vista hacia sor Inés con un gesto que ella interpretó correctamente como de pregunta: «¿Qué está diciendo?». Ella encogió los hombros y separó sus brazos con las palmas de las manos vueltas hacia el frente. Era evidente que no era el día para volver a conversar con el padre Cirilo. Y, encima, aún no había visto a sor Diana.

—Ah, sor Diana, sor Diana —le dijo sor Inés como si estuviera adivinando sus pensamientos—. Sor Diana abandonó el noviciado hace dos meses.

—¿Cómo?, ¿que ya no será monja? —De algún modo se sentía liberado y aliviado de aquel sentimiento de pecado que lo embargaba cada vez que pensaba en ella. Ya no tendría más esa preocupación existencial.

—Para eso es el período de discernimiento de la vocación, para que las postulantes descubran su verdadera vocación. No hay que ser monja para ser una buena cristiana. El matrimonio, por ejemplo, es otra vocación cristiana igualmente digna...

—¡Se lo entregué a ella, se lo entregué a ella! —interrumpió el padre Cirilo en perfecto español, al mismo tiempo que levantaba la vista para mirarlo, puesto que Fernando ya se había incorporado para hablar con sor Inés. Él y ella quedaron sorprendidos por aquella frase que, inicialmente, no parecía tener sentido.

El padre Cirilo bajó inmediatamente la vista y se puso a otear el valle que tenía delante de sí, mientras murmuraba:

—*Waar zijn ze allemaal weggaan? Waar zijn ze allemaal weggaan?*

—¡A saber Dios lo que dice! —comentó sor Inés volviéndose intrigada hacia Fernando—. Yo no hablo ni jota de holandés. Solamente sé dos palabras: «*vader*» y «*moeder*», que significan «papá» y «mamá», y solo porque el padre Andrés, que es holandés como él, nos las tradujo cuando un día de visita le dijimos que el padre Cirilo se pasaba pronunciando esas dos palabras todo el tiempo.

«Pobre hombre —pensó Fernando— que no sabe que ya no es niño y que, en todo caso, es huérfano». No podría hacerle otras preguntas sobre si había podido recordar algo más de aquel responso del hombre fallecido el día de la Virgen del Perpetuo Socorro de 1907.

—¡Esto sí que es casi un milagro, Fernando! —exclamó sor Inés, no tanto ante la sorpresa de que el anciano hablara después de tantas semanas de silencio, sino ante el hecho de que hubiera reaccionado de ese modo al escuchar el nombre de sor Diana.

—Pero ¿qué habrá querido decir con eso de «Se lo entregué a ella»?

—Supongo que es que le entregó algo a sor Diana —ripostó la monja—. Quizás un objeto, un documento, un mensaje... Es difícil saberlo.

—¿Y si usted le preguntara a la mejor amiga de sor Diana, no sería posible que ella pueda ayudarnos a descifrar esto?

—La mejor amiga de sor Diana era sor Rosita, pero ella también dejó el postulantado. Ambas regresaron a sus hogares.

—¿Podría conseguirme la dirección de sor Diana?

—Eso es confidencial; son normas de la Compañía.

—Pero sabrá al menos sus apellidos —preguntó con una ansiedad que debió ser bastante notable.

—Calma, Fernando. El de sor Rosita creo que era Castañer, pero no estoy segura.

—Sí, sí, pero el de sor Diana. Haga memoria, por favor.

—Ah, del de sor Diana no tengo dudas.

—¿Y cuál es?

—Biaggi, pero no sé el segundo.

El Dr. Ramón Emeterio Betances se casa con su sobrina muerta

CUANDO VOLVIÓ AL BUFETE, EL LICENCIADO Padovani estaba ofuscado delante de su Remington tecleando dedo a dedo lo que a Fernando le pareció de lejos un documento notarial. Por eso, cuando entró no notó su presencia de inmediato. Solo había un cliente en espera de ser atendido. Se mantuvo de pie, mirándolo, y fue solo cuando accionó el rodillo de la maquinilla para extraer el folio escrito que advirtió su presencia y, con la expresión de quien se alegra de ver a otro, se lo hizo saber:

—Lo estaba esperando, Fernando. Ya me extrañaba que no hubiese regresado antes.

Esta vez no le pidió permiso a su cliente para hacerlo pasar a su despacho. Sencillamente, le echó el brazo sobre el hombro y caminaron. Fernando se sentó sin que se lo pidiera.

—Le conseguí esta libreta —le dijo el letrado, mientras extraía un cartapacio de una gaveta de su escritorio— que era de mi padre y que contiene anotaciones que se refieren a varios recortes de prensa. También hay una carta sin enviar que mi hermano Toñito escribió. Todo está en este cartapacio.

No supo qué contestar. Sus pensamientos oscilaban entre la contentura y el escepticismo.

—Gracias, licenciado, no sabe cuán valiosa será esta información para mi investigación.

—No es nada, hombre. Puede usar la misma mesita de la otra vez.

Se dirigió al habitáculo contiguo y allí se acomodó. Cuando comenzó a leer el manuscrito, todo con letra estilizada y un cuidado caligráfico extraordinario, se quedó extrañado. Le pareció que se trataba de una traducción al español de un recorte del periódico *Le Figaro*, que aparecía doblado e insertado justo en esa página y sujetado con una presilla mohosa. Como desconocía el francés, no pudo determinar si era una traducción, un resumen o simplemente apostillas a ese artículo. Además, había otros recortes de prensa en español, en los cuales no constaban ni el nombre del periódico ni la fecha del artículo, pero tan antiguos que casi se deshacían en las manos. Sin embargo, pese a su condición y a su pátina, aún podían leerse con relativa facilidad.

Lo que primero llamó su atención fue la historia de necrofilia que se describía al cabo de leer todos los recortes. No se trataba de la historia del rey Pedro I de Portugal, sino de una parecida: la de Ramón Emeterio Betances y su sobrina María del Carmen Henry Betances. El desenlace de un amor no consumado en vida, pero sí después de la muerte.

La historia era sencilla, pero intensa. El Dr. Betances se enamoró de Carmelita o Lita, como indistintamente la llamaban, hija de su hermana Clara. Pidió dispensa al papa para casarse con ella y, en lo que esta se recibía, se las llevó a vivir a Francia. Recibida la dispensa, fijaron la fecha de la boda para el 5 de mayo de 1859, pero dos semanas antes, el 22 de abril, María del Carmen falleció por una fiebre tifoidea.

Betances hizo embalsamar su cadáver, que lo vistieran de blanco con velo y corona de azahares, «*y celebró sus bodas con la muerta*» ante un par de testigos cuyos nombres no se hacen constar en la nota periodística firmada por Segismundo Carlo. Luego de jurarle fidelidad y amor eternos, el Dr. Betances le colocó un anillo nupcial e hizo depositar su cuerpo en un féretro con tapa de cristal que, a su vez, colocó dentro de otro sarcófago de teca.

Originalmente, su cuerpo fue enterrado en el cementerio de Mennecy —a varias decenas de kilómetros al sur de París, donde ella había ido a quedarse—, pero más tarde ese mismo año, cuando él se mudó nuevamente a Puerto Rico, hizo trasladar sus restos y los enterró en una cripta familiar en el cementerio de Mayagüez. En adelante, todas las tardes iba al cementerio «*a visitar la tumba de su hermosa*» y le llevaba flores frescas. En ocasiones, abría el féretro de teca, al cual le había hecho colocar goznes de bronce para facilitar su apertura diaria, y quedaba al descubierto el ataúd de tapa de cristal que le permitía observarla por varias horas, hasta que las sombras que seguían al atardecer lo obligaban a marcharse. Se dejó el cabello largo y revuelto, tocado con un sombrero oscuro de ala ancha, y se cubrió con un largo gabán negro. Y, para muchos, pasó a ser el Loco Enamorado.

Otro recorte que le llamó la atención fue el de la revista *Cosmos*, firmado por su director, José Guillermo Torres, que daba cuenta de que la primera vez que

Eugenio María de Hostos vio a Betances —a quien no conocía, según afirma el periodista— fue una de esas tardes cuando, por alguna razón que no está muy clara, Hostos estaba de visita en el camposanto y, por curiosidad, le preguntó al sepulturero que quién era ese individuo de aspecto tan particular y extraño que vagaba entre las tumbas.

No había terminado de examinar los documentos que el abogado le había entregado en aquel atado de papeles, cuando cayó en la cuenta de que llevaba más de dos horas sentado a la mesita de trabajo sin coger un respiro ni ir al baño o tomar agua siquiera. El licenciado debió escuchar el roce de la silla metálica sobre el suelo de madera porque escuchó cuando le dijo desde su despacho:

—Es hora de que se tome un descanso, Fernando. Venga y subamos para que mi mujer nos prepare café y nos dé algo de merendar. —Y, luego, sin esperar por su respuesta, añadió—: Espero que esté encontrando lo que busca.

Julio Flórez viene a Yauco a invitación de José de Diego

VINO A BORDO DE UNO DE LOS BUQUES DE VAPOR de la Compañía Trasatlántica Española. Su amigo, José de Diego y Martínez, se hizo acompañar por otro bardo, Luis Muñoz Rivera, a quienes la política los unía en el nuevo Partido Unión de Puerto Rico y la poesía los juntaba aún más. Ambos fueron a recibirlo al muelle de San Juan, para llevarlo a la pensión donde se alojaría. De Diego había conocido al poeta colombiano en La Habana en 1891, cuando había acudido a la universidad de la capital cubana a finalizar sus estudios de Derecho, luego de haberlos descontinuado en la Universidad de Navarra. En ese entonces, Julio Flórez había viajado desde Bogotá para visitar a ciertos amigos y poetas cubanos. El entorno receloso del mar Caribe era la sangre salada que unía sus versos y a todos los que se creían con derecho a invocar a las musas liberadas de sus calabozos y escondites.

Después de aquel año, De Diego y Julio Flórez comenzaron a cartearse, a intercambiarse poesías y a hacer planes de visitas recíprocas cuando las circunstancias fueran propicias, dados los eventos de guerra entre España y Estados Unidos en 1898, y la Guerra de los Mil Días en Colombia, de 1899 a 1902. Por ese medio epistolar fue que De Diego se enteró de la gira poética del poeta colombiano por Centroamérica y Cuba prevista para durar dos años, aunque De Diego lo supo bastante tarde, cuando ya la gira estaba planificada y, de hecho, había comenzado. La gira se había iniciado a finales de 1906 en la costa colombiana del Caribe, y de ahí Flórez se había trasladado a Caracas. A partir de Venezuela, el periplo debía llevarlo a El Salvador, Guatemala, Honduras, Costa Rica, Cuba y México.

Sin embargo, estando ya en Costa Rica, Julio Flórez recibió el telegrama que vino a alterar sus planes iniciales y a alegrarle el día. Era de su amigo José de Diego, que entre recriminaciones matizadas por pocas palabras muy bien cuidadas, pero al punto, por no haberle avisado de aquel viaje importante, lo convenció de que durante las semanas previstas para un descanso antes de llegar a Cuba viniera a Puerto Rico. Es más, De Diego, que era un próspero abogado de Aguadilla y con bufete abierto en Mayagüez —y ciertamente persona, si no adinerada, al menos de magníficos recursos—, ofreció pagarle el billete de Costa Rica a Puerto Rico y de aquí a Cuba, así como todos sus gastos.

Los arreglos para su visita estuvieron a cargo del Ateneo Puertorriqueño, siempre atento a los sucesos que fueran de interés cultural para los isleños. Esa noche de 1907 hubo un lleno total, no tanto porque la presentación de Julio Flórez hubiese sido promocionada por Muñoz Rivera en su periódico, La Democracia, que de por sí ya era algo muy conveniente, sino porque en esa época la comunidad de poetas y escritores se mantenía al tanto de este tipo de celebración por las mutuas aficiones originadas en una misma vocación. Además, Julio Flórez no era un nombre ignoto entre la comunidad de poetas boricuas. Muy por el contrario, su poesía era conocida porque sus libros circulaban en todo Centro y Suramérica, y también en Puerto Rico. El recorte de La Democracia *daba cuenta de que la presentación de la actividad había estado a cargo de De Diego, quien recibió una especial ovación porque tres meses antes había sido elegido presidente de la Cámara de Delegados.*

Algunos de los presentes, aparte de De Diego y Muñoz Rivera, naturalmente, eran autores muy conocidos del mundo literario nuestro y no perdieron la oportunidad de compartir con el poeta colombiano los ribetes del mundo de las ideas, imágenes y palabras tétricas tan características de su poesía. Estaban Manuel Fernández Juncos, Luis Llorens Torres, Virgilio Dávila, Manuel Zeno Gandía y Jesús María Lago, entre muchos otros. Se leyeron dos telegramas de poetas que no pudieron estar presentes. Una presencia destacada en la audiencia era Luisa Capetillo, quien, aunque no era conocida por poeta, era una mujer de armas tomar, de presencia imponente y paralizante, identificada con el sindicalismo e incipiente feminismo en la isla, y quien atrajo la atención del bardo colombiano, quizás porque él no estaba acostumbrado— como estaban los de la audiencia— a ver a una mujer de aspecto viril vestida con corbata y pantalón blanco de dril rayado y sombrero Borsalino.

Los que acudieron a aquella velada memorable, atraídos de seguro por la fama que le precedía como poeta de temas sombríos, se llevaron la grata sorpresa de su aspecto sin metáforas. Lucía un largo gabán negro, con abotonadura en plata —de pequeñas calaveras sobre canillas entrecruzadas— en puños y pechera, pelo abundante peinado completamente hacia atrás, bigote imperial sin exageración en sus puntas, cejas pobladas y una mirada indescifrable, que a algunas de las damas presentes les parecía seductora. Sin embargo, no sonreía, como tampoco sonreían las efigies de los retratos antiguos en blanco y negro que se tenían en las salas de los más pudientes en recordación de sus ancestros.

El poeta anunció que declamaría sus propios poemas. Era lo usual en cualquier peña de la que Flórez formara parte —la de la Gruta Simbólica, por ejemplo—, pero no en San Juan donde se acostumbraba algo distinto. Para eso había declamadores que dominaban sin tacha ni reproches ese arte que no era nada fácil. Sin embargo, Flórez era tan bueno en lo que hacía que su voz, con sus entonaciones y sonoridades, se ceñía al sentimiento que quería expresar, de tal modo que el público podía escucharlo horas y horas sin parar ni cansarse. El colombiano ya había publicado: Horas; Cardos y lirios; Cesta de lotos, *y* Manojo de zarzas, *por lo que la velada se extendió más de lo usual en aquella recitación profusa de versos escogidos de sus obras, sin que nadie se quejara. Resultó normal que así sucediera, puesto que al final de la declamación hubo una sesión de preguntas y respuestas con el autor, así como un intercambio de reacciones y comentarios.* En La Democracia *quedó constancia del éxito del recital y el mismo Flórez le expresó tanto a De Diego como a Muñoz Rivera su gratitud y el gran deleite que le había producido la reacción del público puertorriqueño al escuchar su poesía.*

Dos DÍAS DESPUÉS, DURANTE LA NOCHE, *fue la tertulia. La reunión se celebró en la residencia de José de Diego en Mayagüez, donde Julio Flórez hubo de ser acogido como huésped de honor del letrado y poeta. Lo cierto era que todavía quedaba tiempo suficiente para que Flórez reanudara su gira en Cuba, y De Diego quiso hacer buena su promesa de que el bardo colombiano visitara y disfrutara de la isla. Se habló de todos los temas e intereses poéticos de los contertulios, y aun de aquellos temas que solamente se pueden tratar en privado y siempre entre amigos muy afines. Solo hacían silencio cuando doña Georgina Blanes, la esposa del anfitrión, entraba al salón acompañada del personal de servicio a renovar el vino u otras bebidas o a pasar la caja de cigarros Hoja Prieto.*

De Diego expresó que le habían llamado la atención algunos de los poemas de versos fúnebres que declamó Flórez dos noches antes en el Ateneo, especialmente aquellos que demostraban su admiración por el suicidio del poeta José Asunción Silva («¡Bien hiciste en matarte! Sirve de abono // y, a la tierra fecunda...»). *Al escucharlo,*

Julio Flórez ladeó la comisura de los labios para intentar una sonrisa, de esas que se ensayan cuando no se está seguro de cómo responder. Pero no estaba en su naturaleza. Ser cordial y atento, de seguro, pero poner aspecto risueño, jamás. Sin embargo, no tuvo reparo en hablar de sí mismo y admitir que lo que afirmaban los de su peña en Bogotá era cierto. Gustaba de los temas de la muerte, la tristeza y la melancolía, e, incluso, era un gran admirador de Edgar Allan Poe.

—Más aún, disfruto de ir al cementerio las noches de luna llena y sentarme entre las tumbas a declamar mis poemas a los muertos. Siempre consigo músicos y poetas que me acompañen. La realidad es que alguien debe recitarles y cantarles. ¡Viven tan solitarios!

Casi todos reaccionaron de algún modo a las palabras del poeta. Bisbisearon comentarios de diversa índole y hasta se cruzaron miradas cifradas que muy pocos podían comprender. Jesús María Martínez, también poeta y pariente de De Diego, y quien hasta ese momento nada había dicho, le dirigió una pregunta más bien retórica porque Julio Flórez no la podía contestar:

—¿Conoce usted la historia del doctor Ramón Emeterio Betances y su sobrina María del Carmen Henry Betances?

AL DÍA SIGUIENTE, JOSÉ DE DIEGO y Julio Flórez partieron temprano en la mañana para Yauco. Don Alejandro «Chalí» Franceschi, un mecenas de artistas y poetas de

128

todo el litoral, muy amigo del letrado, los esperaba. La residencia de Franceschi era de las pocas en tener electricidad y, de hecho, hacía solo tres años que don Alejandro había inaugurado la primera planta de generación de electricidad en el pueblo. En las mismas instalaciones también tenía una fábrica de mosaicos hidráulicos, losas y bancos. Franceschi no solo era empresario, sino también agricultor. Era dueño y condueño de las haciendas San Rafael y María, respectivamente. Sus actividades de negocio eran variadas. Poseía una imprenta en sociedad con dos empresarios colombianos en la que publicaban el semanario La Idea. Y promovía, mediante su compañía de variedades, espectáculos de operetas y zarzuela traídos principalmente de Europa. Su arrojo en las lides artísticas era indiscutible: él mismo había sustituido a uno de los barítonos que se había enfermado durante una de las presentaciones de la opereta La viuda alegre, de Franz Lèhar.

La visita del poeta colombiano al pueblo del café no fue algo al azar. Desde el primer momento en que Flórez le confirmó a De Diego la aceptación de la invitación de venir a Puerto Rico y su deseo de conocer la isla, el abogado se lo hizo saber a su amigo Franceschi y este le solicitó tener el privilegio de recibirlo y hospedarlo en su casa y de presentarlo a la comunidad de poetas yaucanos. Afortunadamente, todos los poetas invitados para esa noche lo fueron con tiempo y pudieron hacer los arreglos necesarios para estar presentes en el ágape.

La primera en llegar fue doña Fidela Matheu y Adrián, una de dos poetas que tres noches antes le había cursado un telegrama a Flórez y De Diego al Ateneo enviándoles sus parabienes y la disculpa de no poder asistir al evento. Ahora tenía la oportunidad de explicarle que la gran distancia entre Yauco y la capital le hubiera requerido hacer arreglos muy complicados. Además, le explicó, ella estaba informada de la visita que él haría a su pueblo y supo que tendría la oportunidad de conocerlo personalmente.

Hablaron de poesía, sobre todo de la poesía de Bécquer, de quien, en sus propias palabras, ella era «imitadora» y el propio Flórez era considerado por la crítica como «el último becqueriano». De Diego prestaba mucha atención a las palabras de intercambio de ideas entre ella y él, sobre todo, porque era la primera vez que tenía esa magnífica oportunidad de escuchar hablar con tanto dominio de voces de la poesía de Bécquer. Hasta ese momento, el espléndido anfitrión había permanecido en otro lado del salón dando instrucciones a las personas del servicio, en su afán por que todos los detalles estuvieran escrupulosamente atendidos, pero al cabo de un rato se unió a la conversación, justo cuando entraba el presbítero Juan Vicente Rivera Viera. Mientras se acercaba, y antes de que el cura estuviera demasiado cerca para escucharlo, a don Alejandro le dio tiempo de decirle al oído a Flórez, en un tono que De Diego también escuchara:

—*Es el padre Rivera Viera. Acaban de ordenarlo sacerdote y vino a dar su primera misa aquí, en la parroquia de la Virgen del Santo Rosario, el pasado domingo porque él es natural de este pueblo. Está recién ordenado. He escuchado algunas de las poesías del padre Rivera y son excepcionales.*

De Diego hizo un gesto de aprobación. Como poeta católico, siempre se había sentido conmovido por la poesía que trascendía las paredes de los monasterios e iglesias, como eran los casos de san Juan de la Cruz, Tirso de Molina, santa Teresa de Ávila y sor Juana Inés de la Cruz. Tal vez por eso veía con fascinación que un cura puertorriqueño escribiese poesía.

—*Saludos, poeta, digo, perdón, padre Rivera* —*le dijo Julio Flórez al mismo tiempo que le extendía la mano para saludarlo*—. *Es un placer conocerle. ¡Lo felicito por su ordenación! Tan jovencito y ya cura.*

—*El placer es mío, y no sienta ninguna vergüenza en llamarme «poeta» y no «padre». La realidad es que ni yo mismo me acostumbro a lo de «padre» y, con lo que me cuesta ser poeta, es licencia que le reconozco a quien sea poeta mucho más destacado y famoso que yo, como es su caso.* —*Luego le estrechó la mano a De Diego, y volviéndose hacia Franceschi, a quien también saludó, le dijo*—: *Parece que he llegado demasiado temprano, don Alejandro.*

—*No, padre. Está a tiempo. De hecho, doña Fidela llegó antes que usted y está hablando con doña Lorenza, mi esposa, en el comedor. Los demás, ya usted sabe, igual que en las misas, llegando siempre después del sermón. Digo yo, los que van a misa.*

El padre Rivera y De Diego se echaron a reír, pero Flórez, fiel a su idiosincrasia, simplemente mantuvo un rostro distendido, nada risueño. La conversación tomó sus giros serios unas veces, livianos otras. El tema de la poesía no era un traje a la medida, podía adaptarse al tenor de ambos impulsos, dependiendo más bien de quién hablara y las opiniones que se vertieran, particularmente cuando las palabras salían de boca de los poetas.

Entonces, comenzaron a llegar los demás a la vez, como si se hubieran puesto de acuerdo para nadie ser el último. El primero en subir los escaleras fue don Modesto Cordero y Rodríguez, periodista y primer poeta en publicar un libro de poesía en el pueblo, quien era hermano de otro poeta, Norberto, ya fallecido. Precisamente, venía del brazo de la hija de Norberto, la también poeta en ciernes, Loaíza Cordero, que acababa de recibir su título de maestra principal en la primera clase graduada de la Universidad de Puerto Rico. Detrás, caminaban su hermano Rosendo, quien, aunque no era poeta, era cuentista y autor de prosa variada, junto a José Guillermo Torres, el segundo poeta en publicar un libro de poesía en el pueblo y quien había sido, además, director de la revista Cosmos *—así como Gran Secretario de la Gran Logia Soberana de Puerto Rico— y ahora escribía para el semanario* La Idea.

Al grupo se les fueron uniendo otros poetas invitados, como Manuel Solís Commins, Ulises Olivieri Rodríguez, el alcalde Juan Roig Fabre, Pelegrín López de Victoria, Francisco Negroni Nigaglioni, Pedro Domingo Mariani y el español Elpidio de Mier. La crème del parnaso del sur. La amistad de don Alejandro y don Juan Roig se había iniciado fuera de la cultura, en el ámbito de la política, pues siendo ambos del Partido Republicano (adversario del Partido Unionista de De Diego), Roig había organizado en Yauco a una facción de ese partido con el nombre de Partido Republicano Puro y, en coalición con el Partido Unionista, consiguió ser electo unos meses antes como alcalde. Sobre todo, la coalición de Roig derrotó a los candidatos republicanos al Consejo Municipal entre los que se encontraba el anfitrión, don Alejandro Franceschi. Aun así, los intereses culturales de Roig y Franceschi superaban sus diferencias y la amistad entre ellos nunca se vio afectada. Los saludos efusivos y el compartir vivaz que siguió entre ambos esa noche, en que uno iba al hogar del otro, así lo demostraban.

Aun cuando los invitados estaban en una respetable casona, el salón donde estaban parecía írseles quedando pequeño. El piano de cola, sin embargo, tenía su propio espacio inagotable, con el que Julio Flórez quiso sorprender. Después de un par de arpegios para captar la atención, llenó el salón con las notas de los bambucos colombianos. No había bailadores para aportar la vistosidad que tienen los bambucos, pero la música era lo suficientemente alegre como para que todos se unieran a su celebración de las tonadas patrias. Fue la primera vez que se le vio sonreír. Y dejó el ambiente preparado para la recitación de los poemas. Como, a la hora de declamar, Julio Flórez no era hombre de hacerse de rogar, estuvo dispuesto a hacerlo, pero esta vez con una condición: que los poetas presentes o, al menos, la mitad de ellos, declamaran algo de su poesía. Fue su estrategia para conocer la poesía de aquella audiencia tan particular que le hacían rememorar las peñas colombianas, en las que todos los poetas tenían la oportunidad de decir sus propios versos.

La joven Loaíza Cordero y el padre Rivera Viera fueron los primeros en declamar los suyos. Así, de uno en uno fueron despertando a los recuerdos de sus musas y, hasta José De Diego, que al principio se mostró renuente a declamar uno suyo, terminó declamando tres. Lo cierto era que la velada se desarrollaba de manera exquisita y todos se veían muy animados, particularmente por el coñac Hennessy y los vinos de Oporto y Jerez de la Frontera que se servían a voluntad.

Luego, cuando llegó el momento de la cena, todos se sentaron a la mesa larga de muchas plazas debidamente dispuestas, bajo el brillo de las lámparas eléctricas opalinas. Entonces, en medio de un silencio súbito que parecía haber sido ensayado, el antiguo director de Cosmos *preguntó:*

—¿Alguien ha echado de menos a Juan Antonio?

—¿Padovani?

—*Claro, Toñito para su familia y amigos. Bueno, como poeta que es, don Alejandro me pidió que lo invitara, pensando tal vez que yo sabría cómo invitarlo personalmente, pero no me fue posible.* —Su respuesta sonó más bien a disculpa, a pesar de que nadie dudaba de su esfuerzo.

—*Don José Guillermo supone bien* —interrumpió don Alejandro—. *Yo le había enviado un telegrama a San Germán, a la dirección que surge del expediente de su padre, que como ustedes saben era tenedor de libros en la San Rafael. Suponía que Toñito estaría viviendo todavía en la casa familiar. Y, precisamente, quien me respondió fue su padre. El texto expresaba secamente que el día que él, el padre, les anunció que la familia regresaría a vivir a San Germán, Toñito comenzó a hablar incoherencias, a actuar erráticamente y un día desapareció. Desde entonces no sabían de él.*

—*Pues, les tengo malas noticias, pero esperemos a terminar la cena y les cuento* —dijo don José Guillermo.

—*Sí, ya sé, estoy enterado* —añadió el alcalde y poeta Roig Fabre—, *pero dejemos que sea don José Guillermo quien les cuente en su momento.*

Hubo un silencio de camposanto, no era para menos, interrumpido al principio tan solo por las voces del servicio desde la cocina que no cesaban de hacer preguntas o recibir instrucciones, hasta que la conversación retomó los matices de una normalidad amistosa y la plática readquirió su soltura.

La joven Loaíza Cordero y sus tíos Modesto *y* Rosendo *no esperaron por el café ni a que se sirvieran los cordiales. A insistencia de ellos, no quisieron que don Alejandro bajara hasta la puerta a despedirlos. Por eso él lo hizo desde la parte alta de la escalera. Bajaron por su cuenta y ganaron acceso a una calle desierta, desacostumbrada en estas horas postreras al trasiego de los días populosos del tren. Desde afuera, al cruzar la calle para abordar su calesa, podían escucharse los resoplidos de los generadores de petróleo responsables de prender las luces de las residencias urbanas que se habían suscrito al servicio de la Compañía de Electricidad, así como los faroles del alumbrado público que habían sustituido a los de querosén unos meses antes. Ya se había escuchado la advertencia de «¡Seereeeno!», seguido por los golpes secos de la porra sobre el pavimento y el tintinear agudo del mazo de llaves que el hombre llevaba colgado a una trabilla de su pantalón, señal inequívoca de que todos en el pueblo, si no se habían ido a la cama, estaban por hacerlo.*

Doña Fidela Matheu se despidió de la reunión tan pronto el portero le avisó que había llegado su quitrín a buscarla y, de nuevo, don Alejandro tampoco tuvo que acompañarla a la puerta, pues a ella le bastó que el portero le mostrara el descenso a la salida. Solamente lamentó que no estaría presente para escuchar la noticia que daría don José Guillermo acerca de Toñito, a quien conocía y consideraba hombre bueno.

Una vez los demás estuvieron reunidos en el salón degustando el liqueur *de sus copas —de chocolate, menos Julio Flórez que pidió moscatel, quizás para rememorar las noches de peña—, el poeta José Guillermo Torres tomó la palabra:*

—Esta tarde, justo antes de cerrar el despacho para retirarme a mi casa y prepararme para esta reunión, vino a verme el cabo Onelio Pacheco, de la Policía Insular. Todos aquí, menos don Julio Flórez, sabemos quién es y los años que lleva sirviendo a nuestro pueblo. El cabo quería que supiera la noticia primero, no fuera a ser que tuviera que enterarme por medios extraoficiales y viniese a publicar datos erróneos o inexactos.

—¿A qué hora dice usted que vino a verle? —quiso aclarar Negroni, sobre un punto que no era realmente importante.

—No he dicho la hora, pero tuvo que haber sido cerca de las cuatro, puesto que me tomó como media hora preparar y enviar una nota a La correspondencia de Puerto Rico *y otra a* La Democracia. *Ustedes saben que aquí en el pueblo donde escribo es en* La Idea, *que es un semanario. A las cuatro y treinta pude cerrar la oficina. La cuestión es que Simón el Sepulturero encontró muerto a Juan Antonio, al asumir sus labores hoy por la mañana. Pero nada se supo de momento porque la policía prefirió esperar la orden del fiscal para levantar el cadáver y le prohibió a sus guardias hablar del asunto con ningún civil, para evitar la novelería y los chismes. El cadáver se lo llevaron cerca de las tres.*

—Les aclaro que el cabo Pacheco sí habló conmigo al respecto —dijo Juan Roig, quien no hablaba como poeta, sino como alcalde del pueblo, para darse la importancia que acarreaba su cargo. Y, ciertamente, no era como para que las autoridades policíacas lo consideraran un civil cualquiera.

—Pero ¿cómo que el sepulturero lo encontró muerto? ¿En qué circunstancias? —quiso saber el peninsular Elpidio de Mier, antiguo fraile capuchino, excomulgado por León XIII y ahora pastor bautista, siempre muy locuaz y con su característico ceceo cantábrico.

—Calma, a eso voy. —Tomó un sorbo de su elixir, le dio una calada al cigarro, expelió algunas volutas de humo y continuó—: Al abrir el portón y dar unos cuantos pasos por la nave central del cementerio, Simón observó de lejos la puerta abierta del mausoleo familiar de los Biaggi. Al ir a cerrarla, notó que la cripta en su interior estaba rota y, en el piso, a Toñito muerto abrazado a un esqueleto cuyos huesos habían sido atados con cintas púrpura y blancas, como para mantenerlos unidos, y una diadema de flores sobre el cráneo de la calavera.

—¡Virgen Santísima! ¿En qué sepultura fue eso? —preguntó Ulises Olivieri, marcado por el espanto que eso le producía.

—¿No lo dije? Fue en la de los Biaggi, bastante cerca de la tumba de los Mariani, los que vinieron de Rogliano, según la inscripción de la lápida.

Al principio, Julio Flórez pensó que le estaban jugando una broma pesada —por aquello de que él acostumbraba en su país visitar el cementerio en noches de luna llena para recitarle a los muertos—, pero inmediatamente comprendió que no. La amistad entre ellos no había evolucionado tanto en tan poco tiempo; y menos frente al doctor De Diego, que era un hombre tan respetable, serio y distinguido, frente a quien no se haría ese tipo de bromas.

—A mí se me paran los pelos —exclamó Solís Commins, mientras introducía su mano en la holgura de una manga para alisarse los vellos del brazo y miraba a los demás esperando de ellos alguna reacción parecida.

—¡Pues, a mí me recuerda la historia, algunos dicen que la leyenda, del Dr. Betances y su sobrina! —exclamó Pelegrín López de Victoria.

En cuanto a esta última mención, Julio Flórez se sentía plenamente ubicado. La noche anterior había escuchado en la casa de De Diego aquella historia que, si no era extraña —macabra dirían algunos—, entonces era enfermiza. «No puede ser —pensó— que en una isla tan pequeña hayan sucedido dos acontecimientos tan similares en menos de cincuenta años».

Algo terrible había sucedido con el regreso a San Germán

MARGARITA LES PREPARÓ CAFÉ Y JUGO DE CHINA. Era una mujer mayor, como su marido, que no invertía tiempo ni esfuerzos en encubrir sus muchos años. También les sirvió tostadas de pan de manteca untadas con aceite de oliva y ajo, un capricho usual de su marido para las meriendas de las mañanas. Fernando les agradeció a ambos sus atenciones y encomió la exquisitez de las tostadas que ella les había preparado.

—Son las mejores que he probado —mintió Fernando, pues estaba convencido de que el pan con ajo de su madre era el mejor.

—¿Y qué le han parecido hasta ahora los documentos que le he facilitado? —procuró saber el licenciado Padovani, con la curiosidad de quien expone parte de la intimidad familiar y no sabe a qué atenerse.

Fernando hizo una pausa en la ingestión de sus bocados, tardó en tragar el que masticaba y respondió con otra pregunta:

—¿Usted ha tenido la oportunidad de leerlos?

Lo planteó sin mucho énfasis, solo para ganar un poco de tiempo, puesto que no estaba seguro de lo que debía contestar a la pregunta del letrado. Entre recortes de periódicos, manuscritos y anotaciones en distintas caligrafías —a veces muy extensas, de alguien que se había tomado la molestia de analizar lo que estos representaban y comentarlos—, Fernando no quería aparentar ni desilusión ni euforia. En medio de todo lo leído hasta el momento pululaban varias historias imbricadas, pero unidas por un solo hilo conductor, que nada tenían que ver con la Intentona de Yauco ni con la posibilidad de corsos independentistas participando en luchas políticas.

—Por supuesto que sí, creo que ya se lo había dicho. Por eso le he preguntado por su parecer, para ver si coincide con el mío. —Ahora era Fernando quien dudaba de la franqueza de esa respuesta. Aún no tenía la confianza necesaria para presionarlo a una respuesta menos genérica y fácil.

—Lo que me ha llamado más la atención es el acontecimiento relacionado con su hermano Toñito.

—O sea, que ya sabe a lo que me refería cuando le dije que algo terrible había sucedido al anunciar mi padre que nos regresaríamos a vivir a San Germán.

—Sí, pero aún no he leído nada sobre las circunstancias anteriores al día en que apareció muerto en el cementerio. Porque supongo que habría otros hechos conexos, no sería algo como caído del cielo.

—Pues, entonces, lo mejor es que no hablemos nada más del asunto hasta que usted termine de leer los documentos.

El licenciado Padovani se despidió de su mujer con un beso en la frente, un gesto tierno entre los que han pasado demasiado tiempo juntos y van borrando la frontera entre el amor apasionado y el cariño de la mera convivencia. Al mismo tiempo, la instruía para que pusiera otro plato para el almuerzo. Fernando se quedaría a almorzar con ellos, le dijo, independientemente de si regresaba a «trabajar» en la tarde o no. Fernando hizo un despliegue de sus buenos modales y les agradeció a ambos la invitación. Bajó las escaleras interiores con la parsimonia que demandaba hacerlo detrás de un hombre de agilidad anquilosada.

¿Dónde apareció el cadáver de Juan Antonio Padovani?

A LA MAÑANA SIGUIENTE, JULIO FLÓREZ *le preguntó a De Diego si sería posible que este hablara con don Alejandro Franceschi para que alguien lo llevara en un quitrín al cementerio. Sentía una curiosidad irremediable por el relato tétrico de la noche antes y no se veía bien que se presentara al camposanto sin nadie que lo acompañara a interrogar «al viejo enterrador de la comarca».*

—Yo mismo lo haré, pero no en un quitrín —le respondió don Alejandro a De Diego, e inmediatamente instruyó a su chofer que trajera el automóvil—. Vamos los tres.

Subieron por la calle Lafayette, la de la estación del ferrocarril, sobre una superficie de tierra que se presentaba abrupta y pedregosa. Solo así se podrían manejar los cascos de las bestias en época de lluvia, y también las ruedas neumáticas de los tres automóviles que ya había en el pueblo. El White del señor Franceschi había sido el primer vehículo a vapor en importarse a la isla en 1904. Después, otros dos hacendados —uno de caña y el otro de café— habían comprado los suyos.

A su paso, las bestias que tiraban de los coches y carretones en las calles —y, quizás porque estaban desacostumbradas— se espantaban al cruzarse con ellos, ante el ruido de la fricción que causaban las piezas metálicas funcionando autónomamente, sin fuerza muscular alguna que las ayudara a mover el armatoste. Eran horas de mucha agitación en el pueblo. Desde la estación del tren se cargaban y descargaban las mercaderías provenientes de, o en viaje hacia, la capital u otros pueblos cercanos a la ruta del ferrocarril. La calle Lafayette era la arteria principal por donde se insuflaba la vida comercial a los establecimientos del pueblo y de los campos. De modo que el trajín mañanero de esa calle calitrosa era una estampa conocida de los días en que venía el tren, y ese era uno de ellos.

Al llegar a la esquina con la plaza Washington y la iglesia, justo donde estaban el Casino y la ferretería de José Torres Lebrón, doblaron a la izquierda por la calle del Comercio, el corazón de la actividad comercial, la de las ventas al por mayor y al detal. Era también otra calle sin pavimentar. Los coches y carretones tirados por caballos, así como una que otra carreta de bueyes, aparecían a lado y lado de la calle de aceras angostas. A los caballos de los coches estacionados se les veía casi siempre con una de sus patas medio encogida, sin afirmar, como queriendo descansar del esfuerzo físico que suponía hacer su trabajo. Y de lejos podían distinguirse los equinos que eran machos, por estar casi siempre con la verga desenfundada, sin ningún recato ni preocupación social, probablemente por el efecto de las feromonas que debía haber en el aire de aquel ambiente poblado de yeguas.

En el tramo que constituía la prolongación de la calle del Comercio, fuera del pueblo, aparecía brillante el cementerio. La luz tropical del sol le daba un lustre especial al muro encalado que lo separaba de la calle. Resultaba ser el mismo color de las tumbas, el que vieron los tres cuando traspasaron el umbral del portón de hierro forjado, abierto a esas horas a los visitantes.

El sepulturero debió sorprenderse, a juzgar por la cara que puso al observar a los tres hombres con un atuendo demasiado formal para el lugar, tomando en cuenta que no se llevaba a cabo ni el responso ni el enterramiento de ningún ser humano. En particular, porque dos de ellos vestían trajes de lino blanco y el tercero un gabán largo que si no era negro lo parecía. Los tres llevaban sombreros que se quitaron al entrar.

A Julio Flórez le llamó la atención un mausoleo a la izquierda, construido de mármol, con escalones de formación piramidal que terminaban en un pequeño templete que soportaba cuatro arcos. El mausoleo estaba salvaguardado por cuatro estatuas aladas —representando ángeles en actitud de oración, con las palmas juntas sobre el pecho—, una en cada esquina. Parecía nueva y estaba vacía. Y lo comentó.

—No se sorprenda, amigo Flórez. La mandé a construir para mi esposa, mis hijos y para mí también. Porque el día menos pensado... Ya usted sabe.

—Tiene usted buenos gustos mortuorios, don Alejandro. La verdad es que no deja de sorprenderme —intervino De Diego.

—Son detalles que no pueden dejárseles a los herederos. Ellos estarán pendientes únicamente de la herencia y no quiero ir a parar a cualquier esquina del cementerio.

La conversación entre los tres estaba tan animada que perdieron la cuenta del tiempo y del motivo de la visita sugerida por el poeta colombiano. El sepulturero continuaba de pie, sin acercárseles mucho, hasta que don Alejandro le hizo señas para que se acercara.

—¿Cómo está usted, Simón?

—La veldá es que uno no gana pa sustos.

—Pues, de eso precisamente venimos a hablarle, del susto que a lo mejor pasó ayer en la mañana al encontrarse con una escena tan macabra —le dijo don Alejandro, mientras acariciaba con sus dedos la leontina.

—Sí, cristiano... Peldone: don Chalí.

—No se preocupe. ¿Puede indicarnos usted el lugar exacto donde apareció el cadáver del señor Juan Antonio Padovani? Venga, lo seguimos. —Y echaron a andar detrás del sepulturero, hasta el mausuleo del rótulo en que se leía: «Propiedad de la familia Biaggi».

El hombre extrajo un mazo de llaves de su bolsillo, hasta que localizó la más reluciente y la introdujo en un candado que lucía nuevo y que unía los eslabones extremos de una cadena igualmente nueva. La explicación parecía mandatoria:

—El señol Antonio Ríos, que es el administradol de la ferretería de don Alturo Biaggi, me trajo ayel en la talde esta cadena y el candao nuevo pa sustituil la soga que había antes.

—¿Qué, que el mausuleo no tenía cerradura? —le preguntó De Diego.

—Bueno, en un tiempo sí. Hasta que una mañana me di de cuenta, pol casualidá, que había sido folzada y el poltón estaba abielto. Yo le mandé aviso al señol Biaggi al día siguiente, con un empleado de su ferretería que estuvo aquí en un entierro, pero... o no le dio el aviso... o el señol Biaggi no me hizo caso.

—¿Y cuánto hace de eso? —preguntó nuevamente De Diego, como si estuviera interrogando a un testigo en una sala del tribunal. Era la costumbre que adquirían los abogados con el tiempo.

—Como un mes o algo así. Lo mismo le dije a la Policía cuando me interrogaron.

—Pero ¿notó algo raro a partir de ese primer día? —continuaba preguntando De Diego como si fuese un fiscal.

—Que casi to los días encontraba la soguita desañudá o con un ñudo diferente al que yo había hecho.

—¿Y eso no le llamó la atención?

—Sí, por eso es que fui pelsonalmente aonde el señol Antonio Ríos, como a los diez días, en mi hora de almuelzo; polque eso empezó a preocupalme.

Julio Flórez parecía interesado en las preguntas y respuestas porque se animó a hacer una:

—Sin embargo, ¿notó usted que algo hubiese sido perturbado en la cripta?

—¿*Cómo que peltulbao?*

—*Que si aparte de la cadena y el candado rotos, y de la soguita desamarrada o mal anudada, si había algo más roto en la cripta* —interrumpió don Alejandro al mismo tiempo que empujaba el portón y se adentraba hasta el frente de la cripta. Se había dado cuenta de la limitación de Simón. Los demás lo siguieron—. *¿Encontró así la cripta alguna vez?* —Se refería a que evidentemente la cripta estaba aún abierta, pero vacía, y algunos escombros de hormigón esparcidos por el suelo.

—*De afuera parecía estal to bien. Yo me asomaba, pero no bajaba pa acá. Pero pa mí estaba claro. Yo no tenía duda de que alguien se estaba metiendo aquí de noche a dolmil o algo así.*

—*¿Es que el cementerio no cierra de noche?* —volvió a intervenir De Diego.

—*Bueno, solo con las hojas del poltón juntas, pero sin candao. La cerraúra lleva años que está dañá. Ayel mismo le mandé razón al alcarde Roig para que, por lo menos, me mandara una cadenita y un candao, pa que esto no vuelva a ocurril.*

Julio Flórez se acuclilló y removió con la punta de los dedos los escombros menudos más cerca de la cripta. Tomó entre el índice y el pulgar una primera falange, la que se articula con el hueso metatarsiano, y la elevó en el aire.

—*¿Dónde está el resto de este esqueleto?* —preguntó el poeta colombiano, dirigiéndose al testigo.

De Diego, sin dejarlo contestar, aprovechando su adiestramiento jurídico en el derecho penal, intervino disimuladamente, pues notó a Simón como nervioso, y le dijo:

—Simón, busque dónde depositar ese huesito o llévelo al cuartel de la Policía. Dígales que lo encontró mientras limpiaba los escombros de la cripta. No debe tener problemas.

El hombre estiró la mano vuelta hacia arriba y Flórez se lo colocó en la palma. Luego el poeta extrajo un pañuelo de su gabán e intentó limpiarse como pudo los dos dedos contaminados. Salieron del mausuleo y caminaron despacio hacia la salida. Flórez aprovechó para decirles a De Diego y a don Alejandro que se había quedado sin hacer una pregunta, tal vez la más importante: quién estaba enterrado o enterrada en la cripta abierta.

—Y les digo «abierta» y no «profanada» porque es muy prematuro calificar la acción —aclaró el poeta colombiano.

Don Alejandro estuvo de acuerdo y tomando en cuenta que el sepulturero solo se les había adelantado como diez metros, lo llamó.

—Mande usted, don Chalí.

—¿Quién estaba enterrado allí?

—Pues, la hija del señol Arturo Biaggi, la que murió de tuberculosis. Tuvimos que enterral-la el mismo día pa evital el contagio.

—Ah, sí, claro, Dianita.

¿Quién era Diana Biaggi?

SERÍAN COMO LAS DOCE Y VEINTE CUANDO el licenciado Padovani interrumpió a Fernando para decirle que debían subir.

—Ya hace hambre —le dijo—. Y Margarita se pone ansiosa si no somos puntuales en el almuerzo. —Y, como Fernando cesó de leer y le sonrió, agregó—: Debe de ser la edad.

Fernando parecía realmente inquieto con la coincidencia. Estaba en un momento importante de su hallazgo. ¿Cómo era posible toparse con el mismo nombre y apellido con sesenta años de diferencia? De momento, nada le comentó a su anfitrión cuando este le preguntó cómo le iba, pues ni siquiera él mismo tenía alguna teoría. Así eran las cosas cuando ciertos hechos se asomaban a la vida sin manera de anticiparlos, sin antecedentes que pudieran servir de base para elaborar alguna explicación. Aunque fuera sencilla, qué más daba. Además, ¿cómo era posible que, en un municipio tan apartado, y en una casa familiar, se conservaran esos papeles tan curiosos?

Doña Margarita los esperaba con la mesa preparada. Había cambiado el mantel y las servilletas. Eran de lino. El mantel con tela de encaje en sus bordes haciendo juego con el color de las servilletas, las cuales estaban cosidas con hilo doble de color contrastante en el dobladillo. Se notaba el esfuerzo que había puesto en seleccionar la mantelería y Fernando se lo hizo saber.

—Todo es cosido por mí misma. También escogí las telas. —Lo decía con evidente orgullo y no era para menos—. Es que hoy Pedro y yo celebramos otro aniversario más de boda. Y de «boda blanca» —dijo riéndose—, no como la otra boda de las velloneras.

Así que ¡sorpresa!, hasta doña Margarita conocía la historia del *«amante a quien por suerte impía su dulce bien le arrebató la parca».*

—Felicidades a ambos. De seguro que serán muchos años.

—Nuestro noviazgo comenzó en la escuela, imagínese usted si son muchos los años que llevamos juntos.

El licenciado Padovani se limitaba a sonreír. Dejaba que su mujer disfrutara el placer de rememorar el romance de toda una vida y contarlo. Sabía lo importante que era para ella. Lo mismo que para él, claro está; lo único que él no tenía que ir pregonándolo por ahí con cara de triunfo, para sentirse feliz. Al menos, era lo que pensaba en un momento en que los años pasaban factura y las apariencias no eran tan importantes.

La mujer fue a cada plaza de la mesa, empezando por Fernando, sirviendo arroz blanco de una fuente con tapa que evidentemente pertenecía a la misma vajilla de los demás platos, ella la última. Luego, les sirvió la carne guisada desde una sopera similar. Ninguno quiso ensalada. El licenciado Padovani sirvió vino de una botella, que había descorchado con cierto grado de maestría, de cabernet sauvignon de la Rioja, al tiempo. Brindaron por muchos años más de felicidad de aquel matrimonio audaz que parecía encaminado a estar contraído para toda la vida.

Comieron hasta satisfacerse. Incluso hubo cascos de guayaba con queso blanco de postre, algo muy sencillo, pero muy al gusto del abogado y, afortunadamente, también del invitado. El pocillo de café humeante cerró el paréntesis de aquel receso merecido. Antes de levantarse de la mesa, mientras doña Margarita recogía los platos y cubiertos, Fernando, venciendo las fuerzas interiores que lo mantenían atado a algún tipo de rémora que no era capaz de identificar, le preguntó:

—Hay una cosa que me causa un gran desasosiego en todo lo que he leído hasta ahora: ¿Quién era Diana Biaggi?

—Qué mucho se tardó en hacer esa pregunta, Fernando, qué mucho.

—Es que no sé cuán relevante pueda ser a la investigación histórica que hago...

—Relevante o no, supuse que le gustaría saber por qué su esqueleto fue encontrado en los brazos de mi hermano Toñito.

—Sí, me interesa. La cuestión es que...

—Que no sabe la relación de ella con la historia de la familia Padovani.

—Exacto.

—Ella era la esposa de mi hermano mayor, o sea, cuñada de Toñito.

—Sí, pero no he visto nada relacionado con ese hermano mayor, ¿cómo es que se llama?

—Giovanni. Murió el año pasado.

—Giovanni. No surge de dónde nació ese apego de don Juan Antonio, que en paz descanse, por su cuñada Diana.

El licenciado Padovani le dio una mirada tierna, como la que dan a veces los padres a sus hijos cuando los ven confundidos o desorientados, y le expresó:

—Entonces, quiere decir que debemos bajar nuevamente y así tendrá la oportunidad de continuar con su lectura. A lo mejor pueda terminar hoy mismo y esclarecer todas sus dudas.

«Definitivamente —pensó Fernando—, debo esclarecer mis dudas. Debo conocer más de Diana».

Búsquela, Fernando, búsquela

DE DIANA, FERNANDO RECORDABA BIEN SUS PECAS bonitas, su sonrisa tierna y su voz de afinación melodiosa. Le entristecía que ya no la veía. No sería ella quien saliera a recibirlo cuando hiciera sonar la campanilla. Sabía que había abandonado su vocación o, como diría sor Inés, que había «discernido» que no tenía vocación para ser monja el resto de su vida. Antes de que saliera nadie a recibirlo, advirtió que había un crespón negro atado al portón de entrada.

La cara que traía puesta sor Inés lo revelaba todo.

—Sí, Fernando, ha sido una gran coincidencia que usted haya venido hoy a visitarlo. El padre Cirilo nació a la vida eterna en algún momento de la madrugada de anteayer. Ayer mismo lo enterramos en la misma área que dedicamos a las hermanas muertas de la Compañía. —Y le señaló hacia uno de los lados del jardín una cruz blanca, recién pintada, junto a unas trinitarias de varios colores—. Cuando notamos que no se levantaba, fuimos a su cama y ya no respiraba. Estaba tieso y frío. En realidad, no nos sorprendió. Él ya tenía más de noventa años.

—Pobre hombre, sor. Venir a morir tan lejos de su patria y en completa soledad.

—Algunas veces nos decía, cuando recuperaba algunos momentos de lucidez, que esta tierra era su patria. Él no hablaba de Holanda. Sé que es un poco difícil entenderlo, pero así era él.

157

Fernando suspiró hondo, a manera de resignación, y dijo:

—Pues, no le tomo más tiempo, sor. Ya no tiene sentido que me quede siquiera un rato más.

—Sí que tiene sentido. ¿Recuerda la vez que usted estuvo aquí y el padre Cirilo se alborotó cuando mencionamos el nombre de Diana y que, por unos segundos, que nos parecieron de lucidez, comenzó a decir, casi gritando: «¡Se lo entregué a ella, se lo entregué a ella!»?

—¿Cómo no voy a recordarlo, si fue el mismo día que me enteré de que ya no podría ver más a sor Diana? —Fernando soltó estas palabras de añoranza al mismo tiempo que mostraba un brillo inusual de su mirada, que sor Inés captó al vuelo. Ella le sonrió con picardía.

—Sí, todas sabíamos que usted estaba prendado de sor Diana. Tan pronto usted se marchaba, las demás novicias comenzaban a embromarla, algo que, por ser ella una mujer tan blanca, le sacaba los colores.

—Ahora soy yo quien se va a sonrojar, hermana.

—Sor Diana le confesó a su mejor amiga, sor Rosita, que se sentía atraída por usted y que no se veía bien que una monja se sintiera atraída por un hombre, aunque no hubiese nada entre ellos. Lo cierto es que no había nada entre ustedes, salvo quizás una atracción mutua, algo así como platónica. —Haciendo un gesto como de quitarse algo de encima, como si él no estuviera presente, exclamó para sí misma—: ¡Pero qué tonterías dices, Inés! —Recobrando un poco la sobriedad inicial, añadió—: Bueno, hombre, que al hablarle a la superiora sobre el arranque del padre Cirilo ante la mención del nombre de Diana, ella me dijo que era cierto.

—Que era cierto ¿qué?

—Que el padre Cirilo le había entregado a sor Diana un papel escrito para usted. —Fernando quedó estupefacto. No sabía qué decir o contestar. Quizás por eso, sor Inés añadió—: Ese y otro papel escrito de puño y letra por sor Diana que había en el sobre los conserva para usted sor Esperanza. Yo desconocía ese hecho y por eso nada pude decirle el día que nos visitó. Tampoco he vuelto a ver a don Vale para enviarle el recado.

Ya no importaba. Lo importante era lo mucho que Fernando estaba averiguando en un solo día. Tantas cosas juntas en la misma visita: que en el asilo era vox pópuli que él estaba enamorado de sor Diana, que ella lo sabía y se sentía igualmente atraída por él, que el padre Cirilo había recuperado momentáneamente la memoria y le había dejado escrito un documento hacía como tres meses, que sabía que podía confiarle el documento a sor Diana, que ella misma preparó otro documento para Fernando antes de marcharse, y que ambos documentos estaban en manos de sor Esperanza.

—Y, ¿cómo los consigo, sor?

—Con un poco de paciencia. Pase conmigo a la salita de recepción y allí me espera. Le avisaré a sor Esperanza.

Abandonaron el área del portón y caminaron hasta una pequeña sala donde había un televisor en blanco y negro encendido. Algunas de las ancianas le sonrieron, unas de pie y otras sentadas. Dos de ellas estiraban las manos en su dirección, con sus bocas abiertas y babosas, como si quisieran que él les diera algo. Otro de los ancianos estaba en una esquina, en un sillón de ruedas, con la cabeza caída hacia el frente, como tratando de dormir sentado. Tenía una de sus manos temblorosa, la descansaba en su regazo, evidentemente por párkinson. El otro anciano descansaba encogido en una butaca forrada de *pantasote*, frente al televisor, y una mirada absorta hacia el aparato. Fernando se limitaba a sonreírles. Aquello le parecía deprimente, un lugar en el que no le gustaría estar por nada del mundo, a no ser, como ahora, de visitante, y solo por breves minutos.

Realmente no tan breves porque sor Esperanza se tardó bastante en aparecer por la puerta para hacerle un gesto de que saliera. Él obedeció al instante. Ya afuera, ella le señaló un banquito de madera donde sentarse. Sor Inés trajo una silla plegadiza de metal que sor Esperanza ocupó.

—Perdone que no lo invite a mi oficina, pero es que la están pintando en este momento. La pintura es de aceite y el olor insoportable. Yo soy sor Esperanza, la encargada de esta residencia.

—Y yo Fer...

—Sí, sí, sé quién es usted. —Se estrecharon las manos.

—Me dice sor Inés que tiene algo que entregarme.

En efecto, tenía un sobre manila que, alargando el brazo cubierto por la manga del hábito negro, le entregó. Fernando examinó rápidamente su exterior. Sor

Esperanza tuvo que haber adivinado lo que a Fernando se le ocurrió pensar, puesto que le aclaró de inmediato:

—Parece haber sido abierto, y sí, lo fue. Las hermanas no pueden albergar secretos aquí dentro de estas cuatro paredes. Menos aún las postulantes. Son mi responsabilidad.

No obstante, nada podía oponer Fernando a esa falta de reconocimiento del derecho a la privacidad en ese lugar. De seguro, la regla de las hermanas paúles tiene una disposición para hacer ver menos ofensiva esa invasión de algo tan fundamental como es la intimidad de la persona humana. De nada les servía la preeminencia de la dignidad del ser humano ante los ojos de Dios. Sin embargo, no estaba en su ánimo entrar en controversias filosóficas sobre los modelos de las relaciones interpersonales que debían modificarse en la Compañía.

—No importa —dijo Fernando, por decir algo, porque en el fondo era algo que sí le importaba.

—¿No lo va a abrir?

—Sí, hermana, cuando llegue a mi casa. —Quería hacerlo cuando estuviera a solas; no le daría la oportunidad de que le viera la cara cuando él leyera lo que le hubiera dejado escrito sor Diana y de lo cual, por confesión propia, ya sor Esperanza estaba enterada.

Entonces, se incorporó, le estrechó nuevamente la mano y se despidió. Sor Inés lo acompañó hasta la salida. A diferencia de otras ocasiones en que hablaban hasta llegar al portón, esta vez hubo silencio sepulcral. Hasta que Fernando, a la salida, estrechó su mano y se despidió.

Solo entonces fue que ella, con el rostro más adusto que
pudo poner, le dijo:

—Búsquela, Fernando, búsquela.

«Eso de ser monja no va contigo»

CUANDO ESTUVO SOLO, EXTRAJO DEL SOBRE manila una hoja amarilla doblada en varias partes, escrita con letra impecable y estilizada, y firmada simplemente por «Diana». Le resultaba raro leer su nombre sin que estuviera precedido por algún indicio de que quien firmaba había sido alguna vez novicia de la Compañía de las Hijas de la Caridad. Para él ya no sería más «sor Diana» ni sus pensamientos hacia ella le ganarían el fuego eterno que no se apaga. Era una carta de una sola hoja escrita por ambos lados, al grano, sin digresiones, pero propósito evidente, y una posdata:

Querido Fernando Luis:

Cuando recibas estas letras me habré ido del hogar de ancianos en el que he pasado mi noviciado. Lamento que no hubiera tenido la oportunidad de despedirme, pero creo que ha sido mejor así. No hubiésemos podido ser siquiera amigos dentro de las normas que regían mi vida monástica. Lo supe desde el mismo primer día en que te vi a los ojos y advertí la luminosidad de tu mirada. Esa noche casi no pude dormir. Me sentí como en mi temprana adolescencia el día que conocí a mi primer y único novio. Y no me podía explicar por qué me estaba pasando algo tan inusitado contigo.

Abandoné el noviciado al cabo de mucha reflexión, un proceso al que me vi sometida luego de aquel primer encuentro, un encuentro puramente casual, pero profundamente perturbador para mí. Después, cada vez que te veía llegar tenía la misma sensación de una adolescente enamorada, la de los pensamientos gratos que atraías hacia mí.

Al final, me armé de valor y fui a consultar a sor Esperanza, no solo porque era la superiora, sino porque ella probablemente habría visto casos como el mío a lo largo de su vida de monja. Su reacción fue inmediata...

(Volteó la página).

...sin adornos ni palabras dulcificadas. «Es obvio que eso de ser monja no va contigo». Esas fueron sus palabras exactas. Era algo que yo ya sabía pero que tenía que escuchar de alguien mejor dotada de sabiduría. Me había dado cuenta sin la ayuda de nadie.

Ahora regreso a mi casa, a vivir nuevamente con mis abuelos en la calle Muñoz Rivera, a esperar por lo que la vida me depare.

Sin saber cómo despedirme y quedando tuya para toda la vida,

Diana

P.D. El otro documento que está en este sobre me lo dio el padre Cirilo para que te lo entregara cuando volviera a verte. Probablemente nunca imaginó

que no volvería a verte. Pero cumplo mi enco-
mienda al dejarlo en manos de sor Esperanza,
en la confianza de que ella sabrá cómo hacértelo
llegar.

Ese otro documento era un papel ajado y vuelto a estirar, con trazos temblorosos y casi ilegibles, pero breve. Lo que a Fernando le pareció que decía era más o menos lo siguiente:

> *Apreciado Nando:*
> *Paz y bien para ti y tu familia. Lo que recuerdo es que el difunto de mi responso había tenido un hijo con su cuñada de apellido Viaggi o un apellido parecido. Espero que no me haya enterado de esto en confesión, lo cual no recuerdo, porque si lo fue debo pedirle a Dios y a la santa Iglesia que me perdonen.*
> *+ P. Cirilo van Meer, O.P.*

Regresó ambos documentos al sobre y emprendió el viaje de vuelta a su casa. Iba aturdido. Fue un viaje de regreso desolador. Su estado de ánimo se volvió inestable. Fluctuaba entre el júbilo por descubrir que Diana podía amarlo a él y él a ella, y la tristeza por no habérselo dicho a tiempo a la cara, ni haberle demostrado lo mucho que le gustaba. Necesitaba tener una conversación con ella, descargar el peso fuerte de sus sentimientos; que supiera que él se había sentido igual, aunque culpable por su estado pecaminoso al «fijarse» en una monja, aunque esta fuese una simple novicia.

Ahora vengo en busca de otra sepultura

A PARTIR DE ESE DÍA, DESPUÉS DE TOCAR finalmente a la puerta de la calle Muñoz Rivera donde ubicaba la residencia de los abuelos de Diana, Fernando ya no fue el mismo. No era una casa suntuosa afín a la pequeña fortuna familiar, pero sí amplia, de techo alto y mobiliario reluciente por el aceite de linaza con que evidentemente limpiaban y brillaban la caoba de las que estaban hechas sus piezas. La mujer que abrió la puerta le indicó que se sentara, lo que él hizo sin esperar por la llegada de la segunda figura que surgió después del pasillo de las habitaciones del fondo. Del techo colgaban dos lámparas de lágrimas de cristal, encendidas a pesar de las horas luminosas de la mañana. Cada una de las puertas interiores que daban a la sala y el comedor tenían un montante calado para permitir la ventilación cruzada entre ambos espacios.

El hombre que entró a la sala resultó ser un poco mayor que la mujer que lo recibió, y ambos se estrecharon la mano. Fernando se presentó y les explicó que venía por Diana.

—Soy Felipe Biaggi y ella Rosalind Martínez, los abuelos de Diana. —Fernando intuyó que las cosas no estaban bien, a juzgar por el rostro sombrío que ambos mostraban. Se le quedaron mirando desde más allá de sus pupilas y, entonces, así, sin más palabras, él supo lo que había sucedido; solo desconocía los detalles.

—Lo siento mucho —expresó Fernando desde su propia desolación.

—Lo hemos estado esperando; su visita no es sorpresa. Ella nos hablaba mucho de usted —musitó el hombre sentado en el sillón contiguo que había ocupado—. Dianita no era nuestra hija, pero nosotros la criamos como si lo fuera. Su mamá murió de tuberculosis y su papá, mi hijo Luiggi, en un accidente, cuando se volcó un troc de tumba cargado de cascajo que él manejaba.

—Entonces, dejando de moverse en la mecedora, añadió—: Nunca entendimos por qué lo mencionaba a usted tanto. Ella misma nos había dicho que apenas se habían visto durante su noviciado.

—Yo tampoco lo entendí —respondió Fernando echándose hacia delante para dejarse escuchar sin esfuerzo. La mujer no dejaba de mirarlo con ojos de intensidad cansada, como quien ha vivido demasiado—. Si me hubiera dado cuenta de que el afecto era mutuo, algo se me habría ocurrido para...

—No se atormente, joven —interrumpió don Felipe—. No conviene ni a usted ni a nosotros.

—Sí, don Felipe, pero si al menos... Si me hubiera enterado antes de que... —Fernando bajó la cabeza y no pudo seguir hablando.

—A todos nos tomó por sorpresa la agresividad de su enfermedad —expresó doña Rosalind bajo el peso tormentoso de los recuerdos—. Primero el Dr. Roca, luego el Dr. Loyola, ambos nos dieron muchas esperanzas, pero...

—Donde todo se precipitó fue en el hospital del Santo Asilo de Damas —acotó don Felipe—. Ya no era una simple complicación de salud; cuando se vinieron a dar cuenta ya la cirrosis había hecho su estrago, su enfermedad era terminal. —Y, luego de una pausa, añadió—: Pero no hablemos más de eso, a ambos nos entristece.

La conversación aflojó un poco la tensión que crearon las palabras iniciales de un encuentro que debió haber ocurrido mucho antes. Fernando estaba seguro de que, a no haber sido por esa voltereta inesperada de la vida, habría podido incorporarse a una familia que sentía que lo acogía con cariño y comprensión.

—Luiggi me ayudaba en la ferretería. Alguien tenía que aprender sobre el negocio que empezó mi abuelo Arturo, y que llevaba ya dos generaciones en la familia. Yo estaba de salida, y los demás no habían mostrado interés alguno en quedarse con la ferretería. Pero sobrevino la desgracia de la muerte de mi hijo Luiggi y tuve que vender. Cuando Dianita se fue al convento, nos quedamos solos. Por eso recobramos la alegría de vivir cuando nos dijo que regresaba para quedarse con nosotros, hasta que la muerte nos reclamara a ambos.

La mujer sirvió café, del que ellos compraban en grano directamente en la altura, en la hacienda La Taza de Oro, y que luego ella tostaba en un pequeño fogón que había en el patio trasero. También sirvió galletas *export sodas* hechas en el pueblo. Y, como complemento, el durísimo queso de bola holandés.

Antes de Fernando marcharse, doña Rosalind se apareció con un atado de papeles dentro de una bolsa de estraza y alargando la mano, le dijo:

—Me hizo prometerle que se las entregaría, si usted venía algún día preguntando por ella.

Miró en el interior. Eran como veinticinco o treinta, pero no las extrajo en el acto. Pensó que era algo que él debía hacer en soledad, en la soledad que solamente los recuerdos nostálgicos proporcionan. Hablaron por breve tiempo y se despidió. Al cruzar la puerta se detuvo, giró sobre sí mismo y preguntó:

—Quisiera llevarle flores. ¿Dónde está enterrada?

—En una cripta de nuestra familia, en el viejo mausoleo que mandó a construir mi padre. Pregúntele a Mayito el Sepulturero y él le dirá.

Decidió que sería el lugar idóneo para leer las cartas, un lugar donde la proximidad física alentaría la proximidad intangible de todo cuanto subsistiera en la dimensión solapada de la vida y la muerte. Fernando no se perdonaba que hubiera dejado pasar tantos meses para hacer las gestiones para encontrar a Diana, contrario a la exhortación con que sor Inés lo había despedido en su última visita al asilo. Su excusa de inversión de más tiempo para sus estudios no le aliviaba su pesar. Esperar a estar de vacaciones fue un riesgo que debió tomar en cuenta, pues siempre es previsible la partida temprana hacia la otra orilla sin importar la edad.

Esa misma tarde, fue a visitar «*la tumba de su hermosa*». Llevaba las cartas en la misma envoltura de estraza en que la abuela de Diana se las había entregado. Mayito el Sepulturero lo reconoció enseguida.

—¿No es usted el joven que vino el año pasado a preguntalme por la sepultura de algún Padovani?

—Que pudiera ser Paduovani.

—Pues, tampoco he visto aquí panteones con ese otro apellido.

Fernando sabía que a Juan Antonio Padovani lo llevaron a enterrar al cementerio de San Germán. Era natural que en el cementerio de Yauco no quedaran rastros de esa familia.

—Ahora vengo por otra sepultura —le aclaró Fernando—, por la tumba en que se enterró a la nieta de don Felipe Biaggi.

—Ah, sí, sí, lo recueldo. Es ese panteón grande que se ve allí. —Le señaló un mausoleo que era completamente visible desde donde estaban—. El poltón está abielto. Ayel mismo don Felipe lo mandó a pintal. Esa es una tumba con mucha historia, ¡sí que tiene historia!

De momento, a Fernando no se le ocurrió pedirle al sepulturero ninguna aclaración, iba ensimismado por la ansiedad por comenzar a leer las cartas. La historia de la tumba, la que fuera, nada tenía que ver con él. ¡Cuentos de cementerios, quizás! Mayito continuó empujando su carretilla y demás implementos de su oficio, mientras Fernando caminó con pesadez de remordimiento entre las tumbas que sorteaba en su trayecto. La pequeña estructura recién pintada de blanco relumbrante tenía una indicación en mármol: «Propiedad de la familia Biaggi». Empujó las hojas del portón de rejas de hierro colado y entró. La cripta inferior derecha tenía el nombre completo de Diana y las fechas de nacimiento y defunción. Frente a esta colocó un ramo de flores y permaneció de pie absorto, como quien va a la playa a despedir a un ser querido en un barco que ya ha desaparecido tras el horizonte. Y, entonces, una a una, comenzó a leer las cartas que iba extrayendo del envoltorio de papel, cartas que matizaban la urgencia gris de amarse.

MAYITO EL SEPULTURERO LO VIO EMERGER del mausuleo como a las dos horas, y marcharse sin despedirse ni saludarlo, aun cuando se cruzó con él en el pasillo central, muy cerca de la salida. Notó su mirar sombrío, un rostro transfigurado de difícil interpretación, un cuerpo semejante al de días anteriores, pero diferenciado en todo lo posible, como si fuera otro. Caminaba lentamente y meditabundo. Mayito no se atrevió a llamarlo, despertarlo de lo que fuera. Su trabajo era enterrar cadáveres, desenterrar huesos, cambiarlos de lugar, y ver cómo los dolientes aceptaban o rehusaban admitir el hecho de la muerte, sin intervenir de forma alguna, sin reacción que delatara sus emociones. Era un modo de sobrevivir cuando de vivir entre muertos se trataba. Así que no tenía por qué detenerlo, preguntarle qué le sucedía, qué había visto en la cripta que tan hondo pesar le había imprimido aquella estampa.

No sería la primera ni única vez que lo vería.

Le tengo todo preparado

Se sentó a esperar a que el licenciado Padovani lo atendiera. Había algunos clientes en la sala. Tomó *El Mundo* de ese día y se puso a leerlo, cuando de momento escuchó una voz que provenía de una de las sillas más cercanas, como dirigiéndose a él:

—¡Eh!, a ti yo te conozco, pero no sé de dónde.

Echando a un lado el periódico, por buenos modales levantó la cabeza, miró a la mujer que mascaba chicle y evidentemente le había dirigido la palabra, y respondió:

—¡Qué casualidad! De aquí mismo. Usted estaba acompañada de otra señora blanquita ella que se pasaba hablando sola todo el tiempo. —Nada le mencionó de que también recordaba que era turnia.

—¡Ah, sí, claro que sí! El día que el puerco hermano mío no quiso que tú pasaras primero a hablar con el licenciado. Ahora lo recuerdo, claritito.

Fernando mantuvo un rostro austero e intentó descontinuar el diálogo: primero, porque no le interesaba trabar conversación con desconocidas, y ellos solo habían tenido una conversación casual la primera vez que se vieron; segundo, porque le desagradaban las personas que se pasaban mascando chicle todo el tiempo, como si fueran chivos, y, tercero, porque nada bueno cabía esperar de las personas que se refieren despectivamente a sus familiares en público.

175

—Pues, aquella señora era mi hermana y se murió de repente hace tres meses. Y no es que hablara sola, mijo, es que era retardada mental. Era así de nación.

Probablemente, la mujer notó su falta de entusiasmo por continuar la conversación, pues se abstuvo de hacer más comentarios. Fernando prosiguió con su lectura hasta que el licenciado Padovani asomó la cabeza desde la puerta de entrada de su despacho y él pudo hacerle un gesto de saludo con la mano. Entonces, el abogado, en voz muy alta, como para que todos oyeran, le dijo:

—¿Qué hace usted sentado allí, hombre, en vez de haberme avisado de que había llegado? Venga, venga, que le tengo todo preparado.

Fernando lo saludó y se lo agradeció de semblante y de palabra. Pasó al espacio contiguo de siempre y se puso a trabajar. Sabía, sin embargo, que no podría quedarse todo el día, pues debía visitar a Diana esa misma tarde.

¿Por qué el enterrador no confrontó al intruso?

DON ALEJANDRO FRANCESCHI Y JOSÉ DE DIEGO *acordaron que Julio Flórez se quedara unos días más en el pueblo, al cabo de los cuales el poeta colombiano regresaría en el ferrocarril a Mayagüez. Al reencontrarse, ambos continuarían rumbo a la capital, donde Flórez permanecería hasta que decidiera marcharse para continuar su gira por Cuba y México.*

Después de que De Diego se hubo marchado, don Alejandro decidió invitar al cabo Onelio Pacheco a cenar a su casa. Sería, como la llamó don Alejandro, una cena de amigos. Le explicó al agente de policía que tenía como huésped en su casa a una figura importante de Colombia que se desempeñaba en el Ministerio de Justicia y quien estaba interesado en conocer un poco más sobre las técnicas desarrolladas por nuestros policías en la investigación de los casos penales. Al cabo Pacheco le pareció un gran halago que el señor Franceschi hubiese pensado en él para una tarea tan significativa y aceptó gustosamente la invitación.

Antes de que el cabo Pacheco llegara, don Alejandro le explicó a Flórez la leve alteración de los hechos para lograr que «soltara prenda», queriendo decir con eso, para que compartiera con ellos la información obtenida hasta ahora en el caso. De lo contrario, le dijo, los policías son renuentes a contar ningún detalle con la frase «Todo forma parte de la investigación».

—Vamos a aprovechar para darle a probar de su propio «espíritu» a nuestro distinguido huésped.

—¿A qué espíritu se refiere? —le preguntó Flórez intrigado. Don Alejandro sonrió resuelto.

—Todos los años, para la época navideña, las autoridades se incautan de un par de alambiques y unos cuantos galones de pitorro.

—Ah, de guaro.

—Guaro para ustedes, sí. Es nuestra bebida espirituosa nacional. Y aunque se trata de una bebida ilegal, los policías y los jueces de paz se quedan con una pequeña cuota de lo decomisado para consumo propio o el de sus amigos en sus fiestas. El cabo Pacheco me trae un galoncito todos los años para la época de las fiestas navideñas. Yo no lo consumo, pero tengo algunos amigos que cuando vienen es lo que me piden. Así que hoy le daré al cabo Pacheco de su propia medicina, que sé que le gusta, a ver si se le suelta la lengua.

La cena fue algo frugal, no tanto por lo servido, sino por lo que los invitados consumieron. Algo que vino como anillo al dedo a los fines que procuraba don Alejandro. Pese a la renuencia inicial del cabo Pacheco a consumir del elixir maravilloso con el que él, sin proponérselo, había contribuido en las Navidades pasadas —renuencia debida a que se trataba de un día de la semana y él debía laborar temprano en la mañana siguiente—, consumió lo necesario para que le brillaran *los ojos y la lengua se le volviera un poco pesada en el hablar y ligera en el contar. El mismo Julio Flórez pudo hacer las preguntas que quiso con entera libertad. Eso permitió que la historia adquiriera la forma más insospechada.*

—No sabemos todavía cómo comenzó la relación del señor Juan Antonio, a quien le decían Toñito, y la señora Diana. Solo sabemos, por los dichos de al menos dos testigos, que, al llegar los Padovani al pueblo, Diana y él se enamoraron, pero ella terminó casándose con el hermano mayor de Toñito. Establecieron su residencia en la casa de al lado. Uno de los testigos dice que a doña Diana las cosas no le iban bien en ese matrimonio, por lo que terminó enamorándose otra vez de Toñito y manteniendo una relación adulterina con él.

—Y, ¿cómo se descubrió? —preguntó don Alejandro.

—Cuando ella quedó preñá.

—Pero nos había dicho que ella era casada, cabo —intervino el poeta—. Así que lo más natural del mundo era que quedara embarazada.

—Es que nadie sabía que el marido era estéril. Solamente él lo sabía. Ni siquiera la señora Diana, quien pensaba que la estéril era ella. El marido trató en vano de que ella le revelara el nombre del padre de la criatura, pero no hubo forma. Prefirió que él la abandonara.

—Como en La letra escarlata *—comentó por lo bajo don Alejandro Franceschi. No era su intención que nadie lo escuchara, pero el cabo Pacheco de todos modos lo hizo:*

—¿La letra *qué?*

—Escarlata, *y no se apure, hombre, que no tiene importancia.*

Julio Flórez *no supo qué pensar al ver tanta ignorancia en aquel pobre agente de la policía. El resto del relato fue el de los detalles más suculentos de la historia que le brindó el sepulturero al policía. Según Simón —explicó el cabo Pacheco—, cuando el enterrador comenzó a sospechar que algo sucedía en las noches en la tumba de la señora Diana —«¡Que Dios la tenga en la gloria!», añadía siempre al pronunciar su nombre— se puso en vela.*

—Es *que Simón no nos mencionó nada de eso cuando hablamos con él al día siguiente —cuestionó don Alejandro.*

—Porque *le dijimos que no podía hablar con ningún civil sobre este caso —les explicó el cabo Pacheco—. Las palabras que ahora les digo fueron exactamente las suyas durante el interrogatorio y forman parte del sumario fiscal, que, por cierto, no pueden comentar con nadie. Yo tendría problemas si alguien sabe que he compartido con ustedes esta información, aunque sea para fines de colaboración con cuerpos de policía hermanos.*

—Tenga *la seguridad de que esto quedará entre nosotros.*

—La *primera noche la sombra de una persona llegó temprano, un par de horas después de haber oscurecido. La sombra abrió el portón y caminó hasta el mausoleo de la familia Biaggi. Al rato, a pesar de la poca luz que provenía de uno de los faroles más cercanos al muro sur en la calle, o sabría Dios si por los llamados fuegos fatuos, a Simón le pareció reconocer al menor de los hijos de don Pedro Padovani, a quien había visto a menudo en el pueblo y en algunos entierros. Aun así, no estaba seguro. La sombra del hombre desamarraba la soga que mantenía juntas las hojas del portón de entrada a la cripta, entraba y permanecía dentro por varias horas. La primera noche como hasta la una. Simón hizo esa vigilancia como por tres noches corridas, pero decidió que no podía seguir perdiendo más horas de sueño y resolvió no hacer más vigilias.*

—¿Sabe usted por qué el enterrador no confrontó al intruso? —quiso saber Flórez.

—Porque al parecer se trataba del «niño» de don Pedro Padovani, el contador de las haciendas de San Rafael y María, muy querido en el pueblo. Y, tengo entendido, don Alejandro —explicó volviendo el rostro hacia el mecenas—, que también es amigo suyo, y eso importa mucho en este pueblo, déjeme que se lo diga con mucho respeto. Quizás no tan pudiente como usted, claro está, pero respetado como usted. En su lugar, me dijo Simón, él prefirió mandarle aviso a don Arturo Biaggi sobre el asunto de la conveniencia de arreglar la cerradura de la tumba de la familia. Eso sí, don Arturo no le hizo caso y ya usted vio el resultado.

—¿Sabe qué pasó con los huesos de la difunta, los que don Juan Antonio extrajo de la cripta para celebrar

«*la boda con la muerta*»? —*Julio Flórez se mostraba cada vez más interesado.*

—*Ese mismo día, después que todos se fueron, don Arturo hizo trasladar los huesos al osario de la familia, junto al muro norte, el que colinda con la barriada de las Delicias. Después tuvo que abrir el osario para añadir un huesito que se encontró en los escombros de la cripta.*

—*Fui yo quien lo encontró* —*aclaró el mismo Julio Flórez.*

Leería sus cartas durante las noches en el cementerio

CERCA DE LAS DIEZ, EL LICENCIADO PADOVANI lo invitó a subir a tomar la merienda de media mañana. Solo que, esta vez, Fernando tenía algunas dudas que aclarar. Ya sentados a la mesa, y mientras doña Margarita les traía el café y un platillo de avena, se lo preguntó:

—¿Cuál era la relación de don Juan Antonio, que en paz descanse, y su cuñada, doña Diana?

—Verá. Como ya le había dicho, mi familia se mudó por pocos años a Yauco. Originalmente, la intención de mi padre era que nos quedáramos allá.

—¿Quieren que les traiga canela para la avena? —interrumpió la mujer con su sonrisa de magnífica anfitriona. El abogado hizo un movimiento negativo con la cabeza y ella se retiró sin asegurarse de que la decisión de Fernando era igual que la de su marido.

—Fue un asunto muy bochornoso. En pocas palabras, no sabemos cuándo ni por qué ella se enamoró de Toñito, estando ya casada con mi hermano Giovanni. Lo insólito fue que salió embarazada de Toñito. Cuando nació el hijo, Giovanni impugnó su paternidad, porque él sabía que era infecundo y el Código Civil presume legítimos los hijos habidos durante el matrimonio. Él no quería que llevara nuestro apellido. La corte le dio la razón. El niño entonces tuvo que llevar el apellido materno únicamente. Ya ella estaba infectada y murió poco después. En su lecho de muerte contó la verdad.

—¿Que su hermano era el verdadero padre?

—Sí, y nuestro padre, muerto de la vergüenza, anunció que nos regresábamos a San Germán. Giovanni decidió lo mismo; lo único que Toñito no nos acompañó. Desapareció de la casa y tuvimos que irnos sin él. La gente del pueblo «murmuraba con misterio» que Toñito «todas las noches iba al cementerio a visitar la tumba de su» Diana, hasta que una mañana apareció muerto abrazado al esqueleto de ella. Entonces, mi padre, luego del responso, lo llevó a enterrar a San Germán, adonde habíamos regresado.

—¿Y quién se hizo cargo del bebé? Varón, ¿verdad?

—El hermano mayor de Diana y su esposa, quienes lo criaron como suyo y lo adoptaron legalmente.

—O sea, que ese niño era de todos modos un Padovani no reconocido, un hijo natural.

—Sí, pero nunca nosotros volvimos a tener ninguna relación con él ni su familia. Al menos la adopción resolvió el asunto de sus apellidos, los cuales lleva al día de hoy: Biaggi Rodríguez.

—¿Y dónde vive? ¿Cómo se llama?

—Todavía vive en Yauco y debe estar ya viejo. Se llama Felipe.

Fernando no aceptó la invitación para quedarse a almorzar, pero lo agradeció de todos modos. Debía visitar esa tarde la tumba de Diana para ponerle flores frescas y hablar con ella del contenido de sus cartas hasta que cerraran los portones del cementerio, pero no era algo que pudiera explicarle al abogado porque no lo entendería. «Estas cosas no se entienden porque son del alma», se repetía a sí mismo para justificar tantas visitas a su cripta, al principio una o dos veces a la semana.

A medida que el tiempo fue pasando, las visitas de Fernando pasaron de esporádicas a ser diarias. No obstante, al notar que Mayito el Sepulturero comenzó a mirarlo con recelo, como se miraría a un merodeador sospechoso de querer asaltar un banco, optó por cambiar el horario, hacer sus visitas de noche. Así no habría nadie que lo señalara, nadie que no comprendiera su decisión de mantenerse cerca, nadie que le hiciera preguntas. Como el portón de entrada se mantenía cerrado a esas horas de oscuridad, tendría que penetrar por el hueco que dejó el automóvil que chocó el muro para matar a Chiro. Continuaba siendo un espacio angosto, de bordes filosos. Se arriesgaría, esta vez prevenido de lo que pudiera pasarle, con plena consciencia del riesgo de tropezar con lo desconocido de la otra vez, cuando un impulso funesto lo hizo penetrar para, luego, salir al escape y dejar parte de la piel de su brazo adherida al muro de mampostería. No es que hubiese sido una experiencia de mal augurio. La entrada subrepticia de aquella noche nada había tenido que ver con la sepultura de Diana. En adelante, su conducta tendría un propósito en sí misma, con lustre propio y justificación plena.

Mas, lo que se proponía hacer requería de precauciones especiales, como proveerse de un buen *flashlight* para disipar algunas de las sombras que acechan de noche la soledad de los sepulcros, y usarla una vez dentro. Los fuegos fatuos de nada le servían. No debía ser avistado desde la calle; no quería ser confundido con un vulgar profanador de tumbas.

Con mucha dificultad, debido a la estrechez del hueco hostil, logró franquearlo sin lastimarse ni dañar su ropa. Esta vez procuró caminar alejado del muro, realmente de forma perpendicular en su segmento inicial, para evadir cualquier tropiezo como el de la primera vez junto al muro, pero muy pendiente al suelo, alumbrando su rumbo. Creía conocer el camino de memoria, pues cuando anticipó su nueva estrategia de las visitas nocturnas, se había ocupado durante las horas del día de estudiar la mejor ruta. A pesar de la hora incómoda, y ayudado por la linterna de baterías, pudo vencer las sombras más difíciles en su derrotero. Encontró el portón de la cripta de los Biaggi cerrado con llave, así que al día siguiente tendría que traer con qué romper la cerradura para acceder a su interior. Esa noche, sin embargo, a pesar del obstáculo que suponía un portón del que no tenía llave, permaneció largo rato recostado en una de sus paredes. Sabía que el cuerpo de Diana estaba al otro lado del portón y eso lo reconfortaba. Aunque fuera a más distancia de la que preferiría, leería sus cartas ayudado por el *flashlight* y hablaría con ella.

Después del día siguiente, luego de deshacerse del inconveniente que representaba la cerradura del portón, encontraría sus hojas juntas, atadas simplemente con una cuerda de nilón amarilla que él no había puesto. A partir de entonces, al llegar al portón, desharía el nudo y, al retirarse, lo reharía, generalmente ya de madrugada. Procuraría, sin embargo, imitar a la perfección el nudo encontrado para que nadie sospechara al día siguiente que había estado allí esa noche.

Entonces... ¿te casarías conmigo?

SE DEJÓ CRECER LA BARBA Y COMENZÓ A VESTIR de negro, no tanto para no ser reconocido cuando anduviera de día por el pueblo, que era una razón de por sí poderosa, sino porque de repente toda su existencia se había enroscado sobre sí misma, como una serpiente que inmoviliza su presa para evitar que se le escape antes de triturarle los huesos y asfixiarla. Poseía la ilusión de que ahora se justificaba todo cuanto hacía. El mundo que le rodeaba comenzaba a parecerle ajeno. Había llegado a su vida y no quería dejar esfumar el dejo de bienaventuranza que sus atenciones le proporcionaban. Si ella había sacrificado mucho, él no podría arriesgar poco.

Inicialmente fueron los de su propia familia quienes se rebelaron, la cuestionaron con la noticia, quienes la condenaron. Porque defraudaba a los que creyeron en ella, a los que no hubieran podido imaginar que se rendiría como lo hizo, la voluntad vencida, aniquilada, desprovista de sus defensas naturales, a merced de otros impulsos que la llevaran a la ruina. Y la hora del encono llegó también para Toñito. Este resentía de algún modo que, después de tanta lucha para sobreponerse a la inquina social, ella se hubiera ido tan pronto y tan lejos, a encerrarse en aquellas cuatro paredes, en un recinto de escasa movilidad, rodeada de tantos muros, para no ser vista, quizás para escapar de su propio fracaso, de su propia vergüenza. No esperó por que él diera otro paso, por que le dijera que quería pasar el resto de su vida... *—o de su muerte— con ella, donde habitaban los buenos sentimientos en todo su esplendor, donde todo sería perfecto.*

No era posible que por el cariño de Fernando pudiera dejar una vocación tirada al borde del camino, para la que siempre se había mostrado tan decidida, tan llena de entusiasmo desde niña. Nadie lo pudo anticipar, ni siquiera ella misma, hasta que escuchó la primera vez, al otro lado de la fina pared que los separaba, las declaraciones de amor con las que debió haber soñado. Había sacrificado mucho. Sin embargo, evitando la perdición del cuerpo alcanzaría la salvación del alma. Pero ¿dónde quedaba la misericordia divina? Porque un sentimiento puro —decía él— no debía acarrear infiernos para nadie. Era lo que contestaba cada vez que surgía la pregunta.

La realidad es que ella tuvo que arrastrar el peso abrumador de su pecado hasta la tumba.

—Estuve esperando —le reclamó ella con cierto acento de reproche, pero sin la certeza de que al manifestarlo no decía una sinrazón—. Esperaba que dieras otro paso más allá de solo poseerme durante sus ausencias.

—Nunca te exigí tanta renunciación —le respondió desde el otro lado—. No esperaba que le hablaras a nadie de lo nuestro, ni siquiera en las circunstancias penosas en que lo hiciste.

—¿Qué querías, que aquello me consumiera antes que la enfermedad?

—Al menos me lo debiste haber consultado.

—¿Para qué, para que quedaras en ascuas, para que trataras de convencerme de lo contrario en cuanto a algo que había sido de mi más abnegada reflexión?

—Sí, pero debiste haber pensado en mi hermano, en la vergüenza a la que lo expondrías. De otro modo, él jamás se habría enterado ni le habríamos causado tanto sufrimiento, y nuestro hijo seguiría siendo suyo.

De momento, él no sabía si ella, desde el otro lado, podía percibir el rostro de compunción que sus palabras provocaban. En realidad, no estaban tan alejados y, por el contrario, él suponía una proximidad más real que la que cualquier otra persona estaría en disposición de admitir.

—Es que la vida ya no fue igual desde que te conocí. El mundo me pareció empequeñecer a partir de entonces.

—Sin embargo, lo pudiste disimular muy bien. No fue algo de lo que me diera cuenta por mis propios medios.

—Porque no quisiste verlo, Fernando, porque estabas muy preocupado por incurrir en el pecado de quererme.

—Dudé, es cierto. Por intuición sabía que el amor espontáneo no existía, pero que el simple enamoramiento era el primer paso en esa dirección. Se trataba de refrenar ese primer impulso que sí era espontáneo, irreflexivo, pecaminoso.

—¿Sabes cuándo fue que verdaderamente comprendí que eras algo extraordinario que había sucedido en mi vida? Cuando desplazaste en mis pensamientos la idea misma de la presencia de Dios en mi vida diaria, tan acostumbrada como estaba a ella.

—*Lo más difícil que se me hacía era mirar a mi hermano a la cara. Hasta ese momento era mi favorito, como también era el favorito de mi padre.*

—*No creas, la primera vez tuve una sensación muy rara.*

—*¿A qué te refieres?*

—*A que cuando me penetraste con fiereza y abrí los ojos, el rostro que me pareció ver fue el suyo.*

—*Es que somos muy parecidos.*

—*Sentí como si él me estuviera castigando.*

—*¡Pero si tú jadeabas de placer!*

—*Sí, después que lo saqué de mí y solo tú quedaste dentro...*

—*...para toda la vida.*

—*...para toda la muerte.*

ERAN DIÁLOGOS QUE DESCUBRÍAN LOS MÁS insólitos recovecos de su relación. Unos días hablaban de la vida casi de clausura que llevaba en el convento, la decisión de atarse a Jesucristo que estuvo a punto de consumarse. *Otras veces del tema espinoso de cómo y por qué pudieron actuar a espaldas de su hermano estando ella casada con él, para vergüenza de la familia.* En relaciones tan escabrosas cualquier tema era propicio para aquellas noches de añoranza, de conversaciones sin destino que trascendían la medianoche, aunque no tuvieran la luna por testigo.

—*Debimos habernos casado, estar juntos para siempre.*

—Nunca me lo pediste.

—*No tuvimos tiempo.*

—Que ahora nos sobra.

—*Entonces... ¿te casarías conmigo?*

—Esta misma noche.

La carta venía de Cuba

LA CARTA VENÍA DE CUBA *y la firmaba Julio Flórez Roa.* *Estaba dirigida a don Alejandro Franceschi. Le hablaba de la velada poético-musical habida en su residencia y evidentemente conservaba muy buenos recuerdos de la ocasión. En el mensaje, el poeta colombiano también le agradecía a don Alejandro sus atenciones durante el resto de su estancia en su residencia y, sobre todo, por su compañía y la historia de amor entre don Juan Antonio Padovani y doña Diana Biaggi, que de no haber sido así no habría podido conocer. Le transcribía el poema que había escrito durante la travesía entre Puerto Rico y Cuba, que había titulado «Boda negra», y le daba cuenta de que había un amigo suyo, Alberto Villalón, un joven compositor y músico cubano, que al leerlo mostró interés en musicalizarlo.*

Don Alejandro le escribió a José de Diego para ponerlo al tanto y sugerirle que lo enviara a Muñoz Rivera para que lo publicara en La Democracia. *De Diego le respondió poco tiempo después lo agradecido que estaba por haberle dejado saber cuán grata había resultado la estancia de su amigo Flórez en su pueblo y el estímulo y reverberaciones que allí recibieron las musas del poeta colombiano. Aun así, le aclaró que no era buena idea meter a Muñoz Rivera en ese compromiso, por tratarse de poesía necrófila, un tanto vulgar para mucha gente, que probablemente no satisfaría los cánones poéticos del parnaso boricua. Y, no era una conjetura suya, sino que el mismo Muñoz Rivera, a raíz de la presentación y declamación de los muchos poemas de temas mortuorios de Flórez en el Ateneo aquella noche, le había comentado en privado —previo el compromiso de que no le contara nada a Flórez— que no le veía mucho mérito a la poesía lúgubre o de inspiración luctuosa. De Diego le sugería, en cambio, que se publicara en un periódico local donde su difusión pudiera llegar a otros niveles de interés social, tal como había sucedido con la poesía de Flórez en Bogotá, donde era tan apreciada.*

Franceschi respetaba las opiniones de De Diego y, por supuesto, la de Muñoz Rivera, y no podía hacer menos. No lo contradijo. Llegó a considerar enviárselo al Dr. Manuel Zeno Gandía, dueño de La Correspondencia, *que aunque ahora era novelista, tenía publicada alguna poesía. Lo había conocido y hecho amistad durante los muchos años en que el Dr. Zeno había vivido en Ponce y asistía a las actividades culturales de Yauco y publicaba ensayos o artículos en los periódicos locales. Pero desistió igualmente del asunto por temor a que el Dr. Zeno Gandía fuese del mismo parecer que Muñoz Rivera y no quería que él fuese a tomarlo como que abusaba de su confianza.*

En cambio, le pidió a don Manuel Tirado Daguerre, director del semanario La Idea *—que se imprimía precisamente en la imprenta de don Alejandro— que lo* *publicara, y aquel accedió de buen talante. Fue así como, en muy poco tiempo, el poema se hizo muy popular en el litoral sureño, y todo quedó listo para recibir muchos años después su versión musicalizada.*

Una fotografía

LA AGENTE KAREN SINIGAGLIA, del Cuerpo de Investigaciones Criminales de la Policía, tocó a la puerta de la residencia de don Felipe Biaggi y su esposa. Luego de presentarse y explicarles la razón de su visita, los esposos Biaggi le repitieron lo que ellos ya habían informado a los policías del distrito que fueron a investigar el asunto el día de los hechos. La mujer policía quiso comprobarlo y les mostró una fotografía ocho por diez, en blanco y negro, del lugar de los hechos. Don Felipe acercó la foto y, sin necesidad de usar lentes, dijo:

—Este —colocando su dedo índice en una parte de la foto— es el cadáver de nuestra nieta Diana, y lo que lo sostiene en sus brazos es el cadáver del joven Fernando Luis Caraballo.

Nota del autor

EL POEMA «BODA NEGRA», del poeta colombiano Julio
Flórez Roa (1867-1923), fue musicalizado como bolero
por el compositor y músico cubano, Alberto Villalón
(1882-1955), y ha sido cantado por múltiples intérpretes.
En Puerto Rico, aparte del Trío Los Condes, también
lo ha grabado Odilio González, el Jibarito de Lares.
Igualmente lo han cantado los latinoamericanos Julio
Jaramillo, María Teresa Vera, Ana Gabriel, Lydia
Mendoza, Gerardo Reyes, Orestes Macías, Los Búhos de
Mexicali y Óscar Chávez, entre muchos.

Lo interesante es que todas las versiones cantadas
presentan variaciones del texto original del poema, aunque no significativas. El verso *«Ató con cintas sus desnudos huesos»*, que he utilizado para titular la obra, aparece
en el poema como *«Ató con cintas los desnudos huesos»*.
Sin embargo, me he decantado por el de la versión can-
tada por el Trío Los Condes porque fue la letra que
aprendí de adolescente y la que usan, al menos, cuatro
intérpretes.

La Internet, que es fuente abundante de información
de lo que sea, ofrece distintas versiones sobre el origen
del poema. Una de ellas afirma que está basado en la
historia de un joven poeta y periodista de La Habana,
Francisco Caamaño Cárdenas, y su novia muerta, Irene
Gay, cuyos huesos él rescató del cementerio para tenerlos

en su casa hasta reunir dinero suficiente para construirle una sepultura; que el barbero de Caamaño, Guillermo Muñiz, le relató la historia a Julio Flórez, y que este la hizo poesía. Otra versión es que se trata de un poema del sacerdote, poeta, orador y ensayista venezolano, Carlos Borges (1867-1932), titulado «Boda macabra», que comenzó a conocerse en 1893, y quien, luego de la muerte de Flórez, supuestamente afirmó ser su autor. Sin embargo, nadie de los que proponen a Borges como autor del poema ofrece alguna fuente bibliográfica confiable para demostrar su alegación.

Yo, en cambio, me aferro a la versión que aquí relato.

Agradecimientos

Ninguna obra es posible sin la colaboración desinteresada, en mayor o menor medida, de otros: el editor, los lectores de los borradores iniciales o posteriores, y, en este proyecto, de profesores y conocedores de la historia política y literaria de Puerto Rico y su entorno.

Mi esposa Iris es siempre mi primera lectora, y puedo garantizarles que, con respecto a esta obra en particular, ha sido muy escrupulosa e incansable al manejar los distintos borradores y versiones. A ella debo haber podido podar ciertas partes del texto, salvar ciertas contradicciones internas de la trama y aclarar algunas ambigüedades de las que no era consciente. Sin su crítica no habría tenido una versión completamente coherente con la que me sintiera cómodo al final de mi trabajo.

A mi hija Ingrid, artista gráfica de profesión y colaboradora incondicional de mi trabajo, no solo debo el magistral diseño de la carátula del libro, sino también sus señalamientos y recomendaciones en cuanto al contenido del texto. Por tratarse de una lectora que pertenece a una generación más reciente —por lo que, por ejemplo, tuvo que familiarizarse con la canción del poema musicalizado de Julio Flórez mediante *YouTube*—, su opinión sobre el borrador de esta novela me resultó particularmente interesante y valiosa.

A la Prof.ª Marta Aurora Pérez López, mi amiga desde la adolescencia, compañera de escuela, escritora, gestora cultural y, sobre todo, presidenta de la Casa

Yaucana: Taller de Investigación y Desarrollo Cultural, Inc. (Taíndec), debo que esta importante institución de la cultura yaucana se hubiese convertido en coeditora de esta obra. A la Prof.ª Pérez López debo, además, sus comentarios y consejos invalorables en cuanto al contenido de los primeros borradores de la novela.

A mi amigo de la infancia y compañero de escuela, Dr. José Juan Báez Fumero, profesor de Estudios Hispánicos y de Literatura Puertorriqueña en la Pontificia Universidad Católica —y él mismo también poeta, pintor, ensayista, editor y autor de libros—, debo importantes rectificaciones históricas y literarias. Sobre todo, le debo la estupenda idea de variar las fuentes de las letras para marcar, para beneficio del lector, el cambio de los tiempos de la trama.

Por su lectura y comentarios de esta obra, agradezco también a mi prima política, Sylvia Barreto Chaves, siempre dispuesta a expresarme su opinión sobre los borradores que pongo en sus manos.

A Tere Loubriel Rosado, amiga de toda nuestra vida adulta, siempre disponible para leer mis borradores y expresarme con franqueza la opinión de una lectora tenaz.

A mi amigo, Lic. Héctor Pérez Acosta, por la lectura puntillosa del borrador, y sus correcciones y recomendaciones, siempre tan atinadas.

Merece un agradecimiento especial, por su valiosa colaboración, mi amigo Jerry Torres Santiago, arquitecto licenciado, profesor del Recinto Universitario de

Mayagüez de la Universidad de Puerto Rico, defensor del patrimonio cultural yaucano, y responsable, en parte, del rescate de la casa de don Alejandro Franceschi Antongiorgi, «don Chalí» (uno de los personajes relevantes de esta novela). Es conocido por todos que Jerry es el autor del libro *El palacio de Alejandro: Arquitectura de la Casa Franceschi de Yauco, Puerto Rico* (Yauco, Ed. Lumenros, 2019), que de por sí aporta un caudal valioso de información respecto al momento histórico (1907) en que se desarrolla parte de la trama. Aunque «el palacio» no es la casa que se presenta en la novela —pues se construyó después, entre 1907 y 1910—, a Jerry debo el asesoramiento con respecto a la figura de don Alejandro y la época en que se desarrolla parte de la trama.

Otro interventor importante en esta obra ha sido Alberto Medina Carrero, quien es y ha sido respecto a todas las obras que he escrito, mi editor. A él debo, entre otras cosas de relevancia, la mayor parte de la primera poda del texto que consideró superfluo y sobreadjetivado. Eso sí, hemos discrepado en cuanto al uso de algunas comas, pero en eso él ha tenido la deferencia de reconocer que al fin y al cabo se trata de mi libro, y se lo agradezco. Por consiguiente, el texto resultante, con las comas faltantes o mal puestas, así como los adjetivos sobrevivientes son de mi entera responsabilidad.

Por último, y por tratarse de algo demasiado importante para obviarlo, a mi hijo Hiram Alexis, poeta, bloguero, fotógrafo y prosista le debo mucho. Tomábamos juntos un taller de Creación Literaria con Emilio del

Carril, en la Universidad del Sagrado Corazón, cuando le comenté un día la dificultad que estaba teniendo con esta novela —que entonces ya había comenzado a escribir (de hecho, en julio de 2012)— a la hora de juntar los tiempos de la trama para un final creíble. Fue cuando, en medio de ese intercambio de ideas y opiniones, me dio una idea que me pareció extraordinaria, y que he plasmado a partir del capítulo «Entonces... ¿te casarías conmigo?». Él no ha podido leer el resultado de su contribución porque en 2018 *«para siempre se quedó dormido»*, cuando ni él ni nosotros teníamos previsto que sucediera. Desde entonces, lo hemos estado echando de menos.

El autor

APÉNDICES

Boda negra[1]

Julio Flórez Roa
(1857-1923)

Oye la historia que contome un día
el viejo enterrador de la comarca:
era un amante a quien por suerte impía
su dulce bien le arrebató la parca.

Todas las noches iba al cementerio
a visitar la tumba de la hermosa;
la gente murmuraba con misterio:
es un muerto escapado de la fosa.

En una horrenda noche hizo pedazos
el mármol de la tumba abandonada,
cavó la tierra... y se llevó en los brazos
el rígido esqueleto de la amada.

---

[1] «Boda negra», Julio Flórez, *Poesía escogida*, Arango Editores/El Áncora Editores: Bogotá, 1988, pág. 117.

Y allá en la oscura habitación sombría,
de un cirio fúnebre a la llama incierta,
dejó a su lado la osamenta fría
y celebró sus bodas con la muerta.

Ató con cintas los desnudos huesos,
el yerto cráneo coronó de flores,
la horrible boca le cubrió de besos
y le contó sonriendo sus amores.

Llevó a la novia al tálamo mullido,
se acostó junto a ella enamorado,
y para siempre se quedó dormido
al esqueleto rígido abrazado.

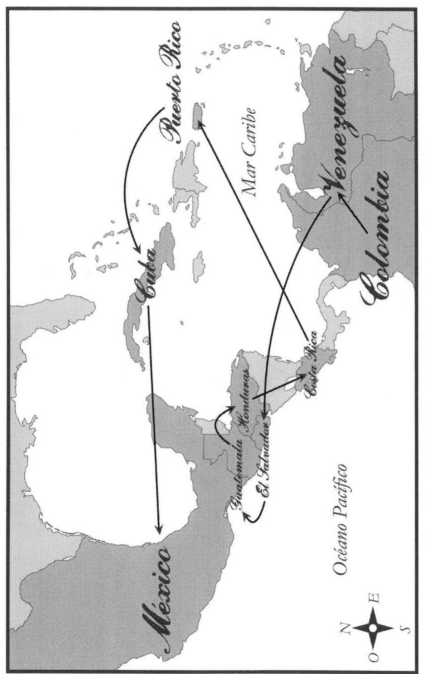

Gira poética de Julio Flórez (1906-1907) por Centroamérica y el Caribe

Hiram Sánchez Martínez
(1950, Yauco, Puerto Rico)

Hiram Sánchez Martínez estudió en las Facultades de Ciencias Sociales y Derecho de la Universidad de Puerto Rico. Fue redactor y fotógrafo del semanario *La Hora*.

Aunque practicó privadamente su profesión de abogado al inicio de su carrera, se ha desempeñado mayormente en el servicio público. En la Rama Ejecutiva ha sido asesor del Gobernador de Puerto Rico y asesor del Secretario de Justicia. En la Rama Judicial ha sido juez del Tribunal Superior y juez del Tribunal de Apelaciones de Puerto Rico.

Es autor de *Cuesta de los Judíos número 8* (Premio Nacional PEN Club de Puerto Rico: Memorias, 2008); *El marido de su amante y otros cuentos* (2009); *Cuentos inveraces para ser creídos* (2010); *Casi siempre fue abril* (2014) (obra ganadora del Segundo Premio «Mejor Novela de Drama en Español» del 2015 International Latino Book Awards); *La ciberimpostora* (2015); *Están los locos y los que se hacen* (2017); *Raymond Dalmau: From Harlem a Puerto Rico* (2018) (conjuntamente con Raymond Dalmau Pérez); *Antonia, tu nombre es una historia* (2018) (Mención honorífica, PEN Club de Puerto Rico: Memorias, 2020) (Segundo Premio Nacional de Literatura en la categoría «Investigación y crítica», del certamen Mejores Obras de 2019, del Instituto de Literatura Puertorriqueña); *Quería ser como Charles* (2020); *A mi juicio* (2020) y *Ató con cintas sus desnudos huesos* (2021).

Mantiene un blog: *«Inveracidades de Hiram Sánchez Martínez»*.

Es columnista del periódico *El Nuevo Día*.

OTROS LIBROS DE HIRAM SÁNCHEZ MARTÍNEZ

Disponibles en **Amazon.com**, en **versión *Kindle*:**

Casi siempre fue abril

A mi juicio

Cuentos inveraces para ser creídos

Cuesta de los judíos número 8

El marido de su amante y otros cuentos

Están los locos y los que se hacen

La ciberimpostora

Quería ser como Charles

The husband of his lover and other short stories

Disponibles en **versión impresa** en las principales librerías de Puerto Rico y en **www.libros787.com:**

A mi juicio

Antonia, tu nombre es una historia

Casi siempre fue abril

Cuentos inveraces para ser creídos

Cuesta de los judíos número 8

 *El marido de su amante y otros cuentos*

 *Están los locos y los que se hacen*

 *La ciberimpostora*

Quería ser como Charles

 *Raymond Dalmau: From Harlem a Puerto Rico*

EDICIONES HACHE SILENTE

TALLER DE INVESTIGACION Y DESARROLLO CULTURAL · TAINDEC ·

CASA YAUCANA
1983

Made in the USA
Middletown, DE
22 October 2022

13280027R00132